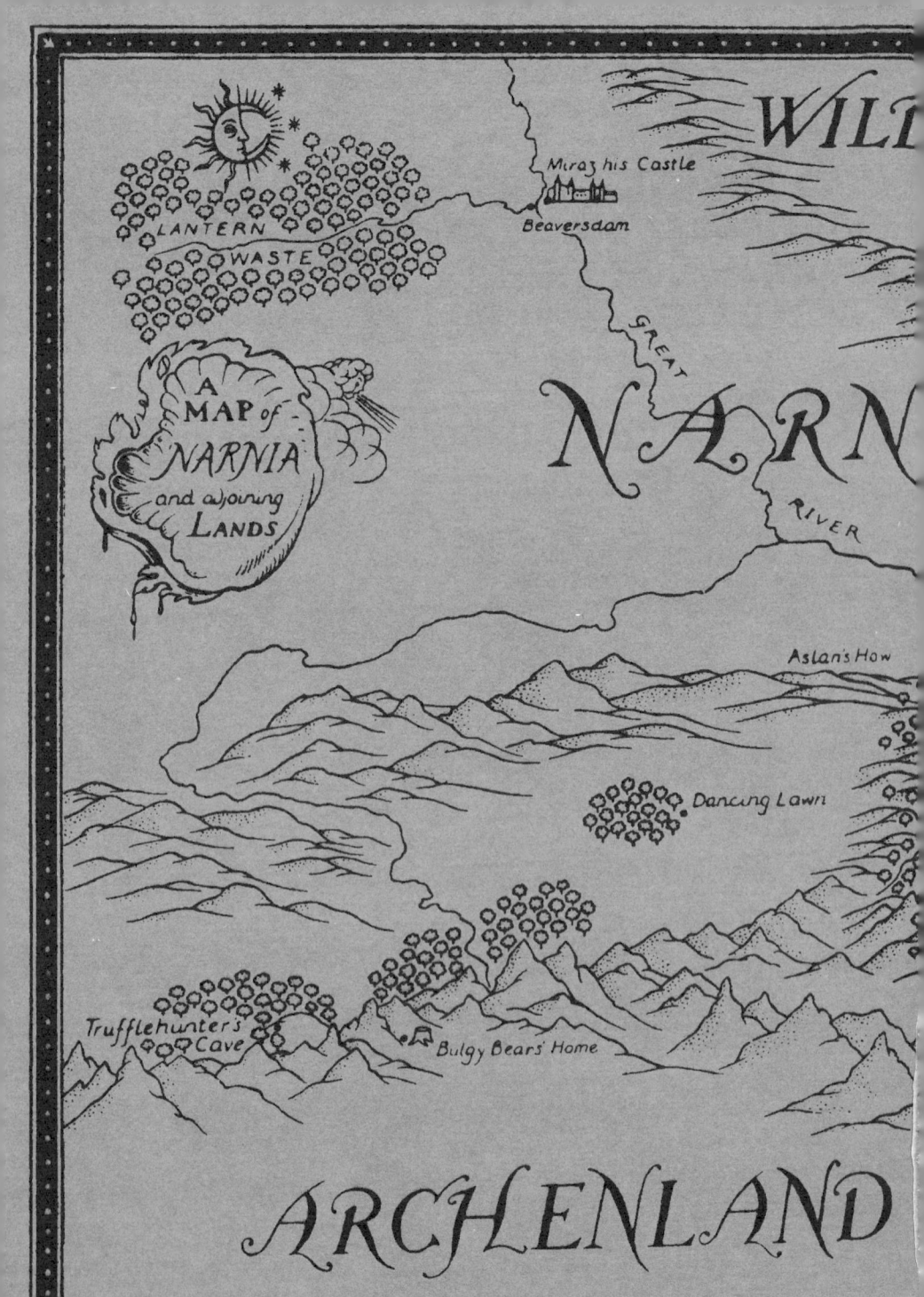

A MAP of NARNIA and adjoining LANDS

LANTERN WASTE

Miraz his Castle
Beaversdam

WILD

GREAT NARNIA RIVER

Aslan's How

Dancing Lawn

Trufflehunter's Cave

Bulgy Bears' Home

ARCHENLAND

ANDS of the NORTH

BERUNA

Cair Paravel

GLASSWATER

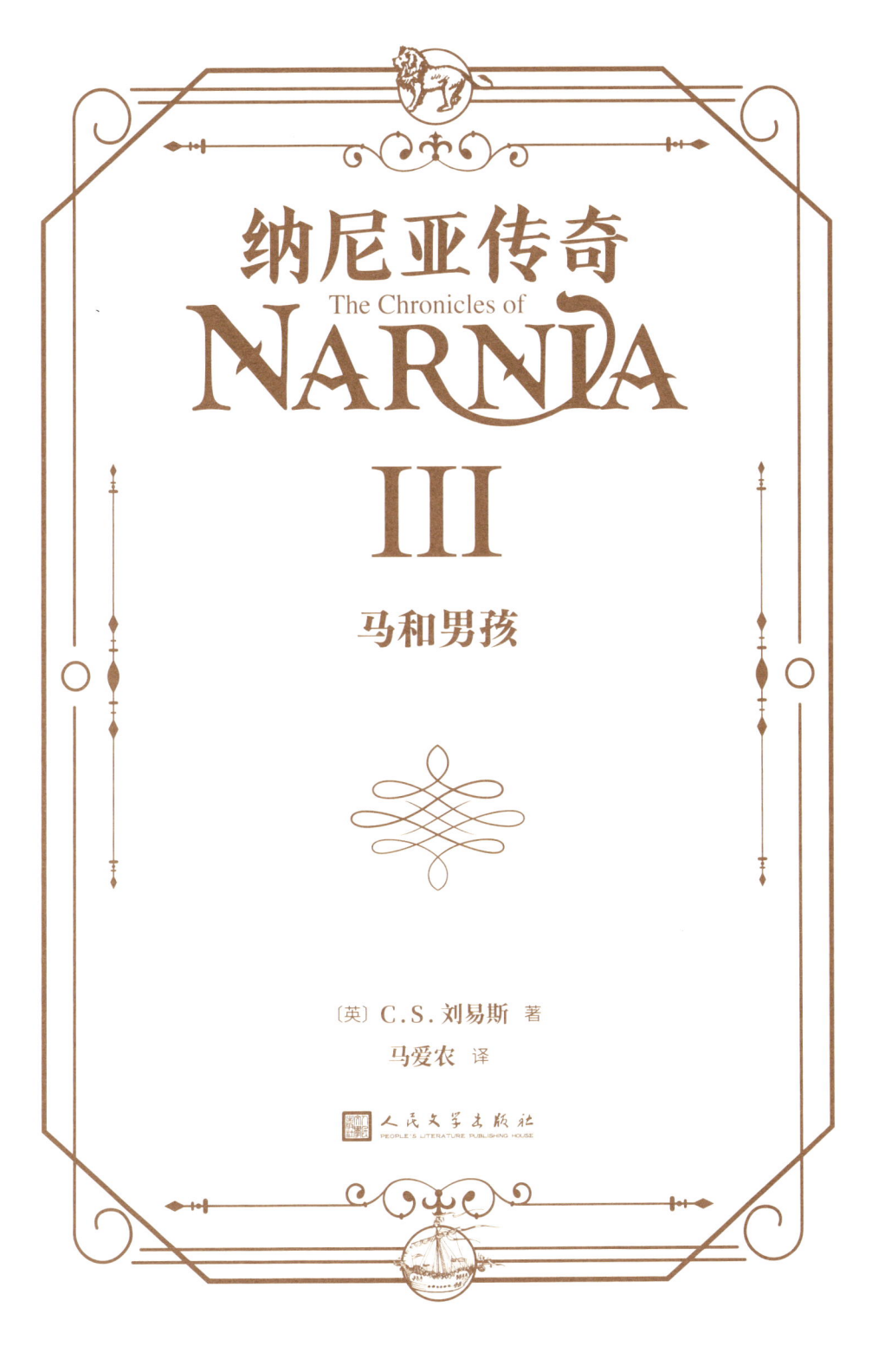

纳尼亚传奇
The Chronicles of NARNIA
III

马和男孩

〔英〕C.S. 刘易斯 著

马爱农 译

人民文学出版社

图书在版编目（CIP）数据

纳尼亚传奇．3，马和男孩／（英）C.S.刘易斯著；马爱农译．——北京：人民文学出版社，2023（2025.6重印）
ISBN 978-7-02-018280-0

Ⅰ．①纳… Ⅱ．①C… ②马… Ⅲ．①儿童小说-长篇小说-英国-现代 Ⅳ．①I561.84

中国国家版本馆CIP数据核字(2023)第186711号

责任编辑　翟　灿
装帧设计　刘　远
责任印制　王重艺

主要角色表

沙斯塔	本是阿钦兰王国的王子,原名叫科尔,自幼被叛徒卖给卡乐门王国一个贫苦的渔夫,受尽磨难,一个偶然的机会偷了一匹会说话的战马逃走,后成为阿钦兰国王
阿西什	沙斯塔的养父,一个只关心捕鱼、卖鱼、钱和面包的渔夫
阿拉维斯	卡乐门大贵族的女儿,智慧过人,颇有见地,逃婚路上遇见沙斯塔,后与沙斯塔结婚,成为阿钦兰王后
布里	一匹会说话的雄性战马

纳尼亚传奇

蒂斯罗克	卡乐门王国的国王
拉巴达什	卡乐门王子，一心想娶纳尼亚苏珊女王为妻，求婚失败后挑起两国战争
伦恩	阿钦兰王国国王
科林	阿钦兰王国王子，沙斯塔的双胞胎兄弟，绰号"霹雳拳击手科林"
彼得	佩文西家最大的孩子，本书中作为纳尼亚的至尊王出场
苏珊	佩文西家第二个孩子，本书中作为纳尼亚仁慈的苏珊女王出场
埃德蒙	佩文西家第三个孩子，本书中作为纳尼亚正义的埃德蒙国王出场
露西	佩文西家第四个孩子，本书中作为纳尼亚勇敢的露西女王出场
阿斯兰	一头伟大的狮子。森林之王，海外帝王之子，来去自由。他的使命是推翻女巫的统治，拯救纳尼亚王国。阿斯兰在七部书中均有出现

目 录

第 1 章　沙斯塔开始他的旅程 ······1
第 2 章　路边的奇遇 ········18
第 3 章　在塔什班城门口 ······36
第 4 章　沙斯塔遇到了纳尼亚人 ···51
第 5 章　科林王子 ·········68
第 6 章　沙斯塔在陵墓 ·······84
第 7 章　阿拉维斯在塔什班 ·····97
第 8 章　在蒂斯罗克的房子里 ···113
第 9 章　穿越沙漠 ·········127
第10章　南征的隐士 ········143
第11章　不受欢迎的同行者 ····159

第12章 沙斯塔在纳尼亚 175

第13章 安瓦德之战 190

第14章 布里怎样成为一匹智慧马 .. 206

第15章 荒唐可笑的拉巴达什 222

第1章　沙斯塔开始他的旅程

这个故事，讲的是发生在纳尼亚和卡乐门以及中间一些岛屿上的一段冒险经历。那是纳尼亚的黄金时代，彼得是纳尼亚的至尊王，他的弟弟和两个妹妹是他手下的国王和女王。

那个时候，在遥远南方的卡乐门，在海边的一条小河上，住着一个贫苦的渔夫，名叫阿西什，有一个男孩和他住在一起，管他叫父亲。男孩的名字叫沙斯塔。大多数日子里，阿西什一大早就坐船去打鱼，下午套上驴车，把鱼装在车上，往南走一英里左右，到村子里去卖。如果卖得好，他就会心情愉快地回家，对沙斯塔没有什么二话；但如果卖得不好，他就会挑沙斯塔的毛病，说不定还会揍他。

毛病总能挑得出来，因为沙斯塔要干的活儿很多，补渔网、洗渔网、做晚饭、打扫他们俩住的小屋。

沙斯塔对他们家南边的事情都没有什么兴趣，因为他和阿西什一起到村子里去过一两次，知道那里没有什么有意思的东西。在村子里，他只遇到和他父亲一模一样的男人——裹着肮脏的长袍子，穿着脚尖翘起的木鞋，头上戴着缠头巾，脸上留着胡子，慢条斯理地互相聊着听起来很无聊的事情。但沙斯塔对北方的一切都很感兴趣，因为从来没有人去过那里，他自己也从来不被

马和男孩

允许往北边去。他独自坐在门外补渔网的时候，经常眼巴巴地望着北方。那里什么也看不到，只有一大片草坡，一直延伸到平坦的山脊上，山脊之外就是天空，天空中也许有几只小鸟。

有时候，如果阿西什也在，沙斯塔就会说："啊，我的父亲，山那边是什么呢？"如果渔夫正在气头上，就会扇沙斯塔一记耳光，叫他好好干活。如果他情绪还算稳定，就会说："哦，我的儿子，不要让无聊的问题分散你的注意力。有一位诗人曾经说过：'专心做事才能兴旺发达，而打听一些不相干的问题，是在把愚蠢的船撞向贫瘠的礁石。'"

沙斯塔认为，山那边肯定有什么令人愉快的秘密，他的父亲不想让他知道。事实上，渔夫这么说是因为他并不知道北方有什么，而且也不关心。他考虑的问题非常实际。

有一天，从南方来了一个陌生人，跟沙斯塔以前见过的任何人都不一样。他骑的是一匹带斑纹的高头大马，有着飘逸的鬃毛和尾巴，马镫子和笼头都是镶银的。他身上穿着锁子甲,丝绸头巾的中间露出头盔的尖刺。他的腰间挎着一把弯刀,背后挂着一面镶有黄铜浮雕的圆盾,右手握着一支长枪。他的脸黑黢黢的,但沙斯塔对此并不感到惊讶,因为卡乐门所有的男人都是那样;令他吃惊的是那人的胡子,染成了深红色,打着卷儿,用香油抹得锃亮。但是,阿西什看到陌生人裸露的手臂上戴着金子,就知道他是一位"泰坎",也就是大贵族,于是在他面前跪了下来,胡子都碰到了地面,他还示意沙斯塔也跪下。

陌生人要求在这里过夜,渔夫当然不敢拒绝。他们把所有最好的东西都摆了出来,给泰坎当晚餐(而他并不怎么领情)。沙斯塔呢,就像往常渔夫有客人的时候一样,得到一块面包,被赶出了小屋。这种情况下,他一般和驴子一起睡在小茅草屋里。但现在睡觉还太早,沙斯塔就坐下来,把耳朵贴在茅草屋木头墙的一道裂缝上,听大人们在说什么。他根本不知道在门后偷听别人说话是不对的。他听到了下面这番话。

"听我说,我的东道主,"泰坎说,"我想买下你的那个孩子。"

"啊，我的主人，"渔夫回答道（沙斯塔听到他谄媚的语气，就知道他说话时脸上可能露出的贪婪表情），"你的仆人虽然很穷，但什么样的价钱才能让他把自己唯一的孩子和亲生骨肉卖作奴隶呢？有一位诗人不是说过吗？'亲情比汤更浓烈，子孙比红宝石更珍贵。'"

"确实如此。"客人冷冷地回答道，"但另一位诗人也说过：'企图欺骗智者的人，已经露出自己的后背，等着挨鞭子了。'不要让谎言充斥你年迈的嘴。这个男孩显然不是你的儿子，因为你的脸和我的一样黑，而这孩子却皮肤白皙，像那些住在遥远北方的可恶却美丽的野蛮人。"

"有句话说得好，"渔夫回答说，"盾牌可以挡住利剑，而智慧的眼睛可以穿透每一道防线！我的令人敬畏的客人啊，你要知道，我由于极度贫困，从未结婚，也没有孩子。但是就在蒂斯罗克（愿他长生不老）开始他庄严而仁慈的统治的那一年，在一个月圆之夜，诸神突发奇想，剥夺了我的睡眠。于是，我从这间小屋的床上爬起来，走到海边，看看海水和月亮，呼吸呼吸凉爽的空气，给自己提提神。不一会儿，我听到一个声音，好像是船桨在水面上朝我划来，然后是一声微弱的喊叫。很快，潮水把一条小船冲上了岸，小船上只有一个因极度饥渴而憔悴的男人——他似乎刚死去不久（身上余温尚存），和一个空瘪瘪的水袋，还有一个仍然活着的孩子。'毫无疑问，'我说，'这些不幸者是从一艘失事的大船上逃出来的，但是，由于神灵的巧妙安排，男人为了保住孩子的性命而让自己饿死，并在看到陆地的时候停止了呼吸。'因此，请记住，上帝对帮助穷人、心怀恻隐之情的人总是会给予回报的（你的仆人是一个心地善良的人）——"

"省省吧，别再说这些自吹自擂的空话了。"泰坎打断了他，"只需要知道一点：你带走了那个孩子——而且谁都看得出来，他每天劳动所创造的价值，是他吃的面包的十倍。你现在立刻告诉我，你给他标价多少，我已经厌倦了你的喋喋不休。"

"你自己也很明智地说过，"阿西什回答道，"这孩子的劳动对我来说价值不可估量。定价时必须考虑到这点。

毫无疑问，如果我卖掉这个孩子，就必须再买一个或雇一个人来干他的活儿。"

"我出十五个月牙币买他。"泰坎说。

"十五！"阿西什叫道，声音介于哀号和尖叫之间，"十五个月牙币！就想买走我晚年的支柱和我眼中的欢乐！别嘲笑我的白胡子，尽管你是泰坎。我定的价是七十个月牙币。"

这时，沙斯塔站起来，踮着脚走了。他已经听到了他想了解的一切，他经常听村子里的人讨价还价，知道是怎么回事。他相信，阿西什最后卖他的价钱，肯定远远高于十五个月牙币，也远远低于七十个月牙币，但是他和泰坎要磨叽好几个小时才能达成一致。

你千万不要以为沙斯塔会感到很难过，就像你和我听到爸爸妈妈说要把我们卖作奴隶时那样。首先，他现在的日子比奴隶好不了多少；他知道，这个骑着高头大马的高贵的陌生人，可能会比阿西什对他更宽厚仁慈。另外，听了自己在船上被发现的故事，他兴奋不已，感到如释重负。此前，他经常感到不安，因为不管他怎么

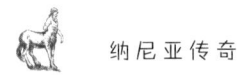

努力，都始终没办法爱上渔夫，而他知道孩子应该爱自己的父亲。现在，很明显，他和阿西什一点血缘关系也没有，这使他卸下了沉重的心理负担。"哎呀，我有各种可能性！"他想，"说不定我是一个泰坎的儿子——或者是蒂斯罗克（愿他长生不老）的儿子，或者是神的儿子！"

他站在小屋外的草地上，脑子里转着这些念头。暮色迅速降临，天空中已经冒出了一两颗星星，但西边仍然可以看到落日的余晖。不远处，陌生人的马在吃草，他被松松地拴在驴棚墙上的一个铁环上。沙斯塔慢慢地走过去，拍了拍他的脖子。马继续撕扯着青草，没有理睬他。

沙斯塔又想到一个念头。"不知道这个泰坎是什么样的人。"他把这想法说了出来，"如果他心地善良，那就太好了。大领主家里的奴隶几乎没有什么事可干。他们穿着漂亮的衣服，每天吃肉。也许他会带我去打仗，我在战场上救他一命，然后他就会放我自由，让我当他的养子，还会送给我一座宫殿、一辆战车和一套盔甲。

可是，也说不定他是个凶残可怕的人。他可能会让我戴着镣铐到地里干活。我要是知道就好了。怎么才能知道呢？我打赌这匹马知道，可惜他没法告诉我。"

马抬起了头。沙斯塔抚摩着他缎子般光滑的鼻子，说道："多希望你会说话啊，老伙计。"

有那么一秒钟，他以为自己在做梦，因为马虽然声音很低，但很清楚地说道："我会说话。"

沙斯塔盯着马的一双大眼睛，他惊讶极了，自己的眼睛也睁得跟马差不多大。

"你是怎么学会说话的？"他问。

"嘘！别这么大声。"马回答道，"在我的家乡，几乎所有的动物都会说话。"

"那是什么地方？"沙斯塔问。

"纳尼亚。"马回答道，"幸福之邦纳尼亚——纳尼亚有欧石楠丛生的山峦和百里香盛开的丘陵。纳尼亚有许多河流，有水声潺潺的峡谷，有布满青苔的山洞，还有密密的森林，矮人的锤声在密林深处回荡。哦，纳尼亚甜美的空气！在那里生活一小时，比在卡乐门生活一千年还要强呢。"他用一声嘶鸣结束了谈话,听起来很像一声叹息。

"你是怎么来到这里的?"沙斯塔问。

"被绑架,"马说,"或者说被偷盗,被抓捕,随你怎么说吧。我当时还是一匹小马驹。我母亲警告我不要去南坡,不要去阿钦兰和更远的地方,但我根本不听她的。以狮子的鬃毛起誓,我为我的愚蠢付出了代价。这些年来,我一直是人类的奴隶,隐藏起我真实的本性,假装像他们的马一样蠢笨,不会说话。"

"你为什么不告诉他们你是谁?"

"因为我还没有蠢到那个份儿上。如果他们发现我会说话,就会让我在集市上表演,就会把我看得比以前更紧。我逃走的最后一点希望也就没有了。"

"那为什么——"沙斯塔刚一开口,马就打断了他。

"听着,"他说,"我们不能把时间浪费在无聊的问题上。你想知道我的主人泰坎·安拉丁的情况。我告诉你,他是个坏人。对我来说不算太坏,因为一匹战马价值很高,不会受到残酷的虐待。不过,你要是明天到他家去

做奴隶，还不如今晚就躺下来死掉呢。"

"那我最好逃跑吧。"沙斯塔说，脸色变得煞白。

"是的，没错。"马说，"为什么不跟我一起逃走呢？"

"你也要逃跑吗？"沙斯塔说。

"是的，如果你愿意和我一起的话。"马回答道，"这是我们俩的机会。你知道，如果我自己逃跑，背上没有骑手，别人看见都会说我是'走失的马'，并以最快的速度来追我。有了骑手，我才有机会逃脱。这就是你能帮到我的地方。另外，你靠你那两条愚蠢的腿（人类的腿是多么可笑！），跑不了多远就会被人追上。但是骑在我背上，你能跑赢这个国家的任何一匹马。这是我能帮到你的地方。对了，我想你是会骑马的吧？"

"哦，会骑，没问题。"沙斯塔说，"至少，我骑过驴。"

"骑过什么？"马十分轻蔑地反问道。（他想表达轻蔑的意思，实际上只发出了一声嘶鸣——"骑过——啥——啊——哈——咴——咴——咴。"会说话的马生气的时候，马的口音会更重。）

"也就是说，"他继续说道，"你不会骑马。这是一个缺点。我只能一边走一边教你了。如果你不会骑马，会摔跤吗？"

"我想谁都会摔跤吧。"沙斯塔说。

"我的意思是，你能摔倒后不哭鼻子又站起来，再爬上马，再摔，一点儿也不害怕摔下来吗？"

"我——我可以试试。"沙斯塔说。

"可怜的小家伙。"马用温和的语气说，"我忘了你只是个小孩子。我们会把你训练成一个好骑手的。现在——我们要等屋里那两个人睡着了再动身。同时我们可以制订计划。我的泰坎要去北方的大城市，去塔什班城，去蒂斯罗克的宫廷——"

"我说，"沙斯塔用十分震惊的语气插嘴道，"你不应该说'愿他长生不老'吗？"

"凭什么呀？"马问道，"我是一个自由的纳尼亚人。我凭什么要像奴隶和傻瓜那样说话？我不希望他长生不老，而且我知道，不管我愿不愿意，他都不可能长生不老。看得出来，你也来自自由的北方。你我之间就别再扯这种南方的官腔了！现在，接着说我们的计划。就像

我刚才说的，我的那个人正要去北方的塔什班城。"

"那我们是不是最好去南方？"

"我不这么认为。"马说，"你知道，他认为我像他的另外那些马一样又蠢又笨，不会说话。如果真是那样，我一旦挣脱了，就会回到我的马厩和围场；回到他的宫殿——往南走两天就到了。他肯定会去那里找我。他做梦也想不到，我会独自去北方。不过，他可能以为是最后那个村子里有人看见他骑马经过，然后跟踪我们到这里，把我给偷走了。"

"啊，好哇！"沙斯塔说，"那我们就去北方。我一直都心心念念想去北方呢。"

"你当然想去。"马说，"因为你身体里流淌着那种血液。我相信你是真正的北方人。但声音别太大。我想他们很快就会睡着了。"

"我最好溜回去看看。"沙斯塔提议道。

"这是个好主意。"马说，"但小心别被抓住。"

现在，天色更黑了，四下里一片寂静，只有海浪拍打沙滩的声音，沙斯塔几乎注意不到它，因为自打他记事起，这声音就日日夜夜在他耳边响着。他走近小屋的时候，屋里没有灯光。他在门口听了听，里面静悄悄的。他绕到那唯一的一扇窗户前，等了一两秒钟，听到了老渔夫熟悉的鼾声。如果一切顺利，他就再也听不到这声音了，想到这里，他不禁产生了一种异样的感觉。沙斯塔屏住呼吸，心里有一点难过，但他的难过远不及他的高兴。他从草地上悄悄地朝驴棚溜去，摸索着走到一个他知道藏钥匙的地方，打开门，找到了锁在那里过夜的马鞍和缰绳。他俯下身，吻了吻驴的鼻子。"对不起，我们不能带你去。"他说。

"你终于来了。"他回去时，马说，"我还纳闷你出了什么事呢。"

"我得把你的东西从马厩里取出来。"沙斯塔回答道，"好了，你能告诉我怎么放到你身上去吗？"

接下来的几分钟里，沙斯塔忙着干活，动作小心翼翼，避免发出碰撞的声音，马在一旁说着诸如此类的话："把那肚带收紧一点"，或"再往下会找到一个皮带扣"，或"你需要把马镫子缩短一点"。当一切都结束时，他说：

"现在，我们必须拿缰绳来做做样子，但你不会用到它们。把缰绳绑在鞍弓上：要绑得松松的，这样我就可以随心所欲地转动脑袋。千万记住——你不能碰缰绳。"

"那么缰绳是做什么用的呢？"沙斯塔问。

"一般是用来给我指挥方向的。"马回答道，"不过，这次旅行一直是由我带路，所以请你管好自己的手。还有一件事。我不许你抓我的鬃毛。"

"可是我说，"沙斯塔恳求道，"如果我不能抓缰绳也不能抓你的鬃毛，那我能抓什么呢？"

"你用膝盖撑住。"马说，"这就是骑马的秘诀。用两个膝盖紧紧夹住我的身体；坐得直直的，直得像一根拨火棍；肘部往里夹。顺便问一句，你把马刺放哪儿了？"

"当然是放在我的脚跟上了。"沙斯塔说，"这点我还是知道的。"

"你可以把它们取下来，放在鞍袋里。等到了塔什班城，也许能把它们卖掉。准备好了吗？现在，我认为你可以骑上来了。"

"哦！你这么高，简直吓人。"沙斯塔第一次翻身上马失败后，气喘吁吁地说。

"我是一匹马，仅此而已。"马回答道，"你那么费劲巴拉地往我身上爬，谁看了都会以为我是个干草堆！看，这就好多了。现在坐直身子，记住我跟你说的关于膝盖的事。想想真是好笑，我曾经率领骑兵冲锋陷阵，还在赛马中拿过奖，现在马鞍子上却坐着你这么一个土豆袋！好，不说了，咱们走吧。"他没有恶意地笑了几声。

马非常谨慎地开始了夜晚的旅程。他先是从渔夫的小屋往南走，走到一条汇入大海的小河边，故意在泥地上留下一些非常明显的、朝向南方的蹄印。但是，刚走到浅滩的中央，马就转向上游，涉水往前走，一直走到离小屋约一百码远的地方。然后，他选择了一块结实的、不会留下脚印的砾石河岸，走到了北边。他继续慢悠悠地往北走，最后，那座小屋、那棵孤树、那个驴棚和那条小溪——也就是沙斯塔之前所熟悉的一切——都沉入了夏夜灰蒙蒙的黑暗中，看不见了。他们一直往山上走。此刻，他们走到了山脊的顶端——这片山脊，一直是沙斯塔所知道的那个世界的边界。他看不见前面是什

么，只知道那儿有一片开阔的草地，看上去没有尽头：狂野、孤寂而自由。

"我说！"马说，"这地方多么适合奔跑啊！"

"哦，别跑。"沙斯塔说，"先别跑。我还不会——拜托，马。我还不知道你的名字。"

"布里耶——亨尼——布里内——胡吉——哈尔。"马说。

"我这辈子也说不上来。"沙斯塔说，"我可以叫你布里吗？"

"好吧，如果你只能做到这个份儿上，我想也没办法。"马说，"我该怎么称呼你呢？"

"我叫沙斯塔。"

"嗯。"布里说，"嗯，也对，那个名字确实很难念。但还是谈谈奔跑的事吧。如果你懂行的话，就知道这比慢跑容易多了，因为你不需要颠上颠下。你用膝盖夹紧我，眼睛直视着我的两耳之间。不要看地面。如果觉得要摔倒了，就夹得更紧一点，坐得更直一点。准备好了吗？预备，向纳尼亚和北方出发。"

第 2 章　路边的奇遇

第二天，快到中午的时候，沙斯塔感到有个热乎乎、软绵绵的东西在他脸上移动，把他惊醒了。他睁开眼睛，发现自己正盯着一匹马的大长脸。马的鼻子和嘴唇几乎碰到了他的鼻子和嘴唇。他想起了前一天夜里那些激动人心的事情，便坐了起来。可是他这么做的时候，呻吟开了。

"哎哟，布里。"他喘着气说，"我好疼啊。浑身都疼。我动不了啦。"

"早上好啊，小家伙。"布里说，"我就担心你可能会感到身体有点僵硬。不可能是因为摔的。你只摔了十几次，而且地上都是漂亮、柔软、有弹性的草皮，摔在上

面几乎是一种享受。唯一摔得比较惨的那次,又被一丛金雀花给托住了。不,一开始最难的是骑马本身。你早餐吃什么?我自己有吃的。"

"哦,该死的早餐。该死的一切。"沙斯塔说,"我跟你说我动不了。"可是马用鼻子蹭他,用蹄子轻轻地挠他,最后,他只好站了起来。他环顾四周,看到了他们在什么地方。身后是一片小灌木林。前面是点缀着白花的大片草地,一直延伸到悬崖的顶上。大海在下面很深很深的地方,因此海浪的声音很微弱。沙斯塔从没有在这么高的地方看过大海,也从没有见过它这么浩瀚的样子,连做梦也没有梦见过大海有那么多种颜色。海岸向两边伸展开去,一个岬角接着一个岬角,有的地方可以看到白色的泡沫冲上礁石,但没有声音,因为离得太远。海鸥在头顶上飞过,热气在地面上蒸腾;这是一个炎热的日子。但沙斯塔主要注意到的是空气。他想不出空气里缺少了什么,后来才意识到是没有了鱼腥味。因为,无论在小屋里还是在渔网堆里,他这辈子从来没有远离过这种鱼腥味。这新的空气多么甜美诱人啊,过去的生活显得那么遥远，他暂时忘记了身上的瘀伤和肌肉的酸痛，说道：

"我说，布里，你刚才好像说到了吃早饭？"

"是的，我说过。"布里回答道，"我想你会在鞍袋里找到一些东西。就在那边的那棵树上，是你昨天夜里挂上去的——准确地说，是今天凌晨。"

他们查看了一下鞍袋，结果令人欢欣鼓舞——有一块肉馅饼，只是不太新鲜了，还有一堆无花果干、一团青奶酪、一小瓶酒和一些钱；总共大约四十个月牙币，沙斯塔从没见过这么多钱。

沙斯塔忍着疼痛，小心翼翼地坐下来，背靠一棵树，开始吃馅饼。布里为了给他做伴，又吃了几口青草。

"把这笔钱用掉算不算偷？"沙斯塔问。

"哦，"马嘴里塞满了草，抬起头来说道，"这我倒从来没想过。当然，自由的马和会说话的马绝不可以偷盗。但我认为没关系。我们是敌国的囚徒和俘虏。那些钱是战利品，是赃物。再说啦，没有它，我们上哪儿给你弄吃的呢？我想，你跟所有的人类一样，是不吃草和燕麦

这样的天然食物的。"

"我吃不了。"

"试过吗？"

"是的，试过。根本咽不下去。如果你是我，也咽不下去。"

"你们人类啊，真是些离奇古怪的小动物。"布里说。

沙斯塔吃完早饭（他这辈子从没吃过这么美味的早饭），布里说道："在重新骑马赶路之前，我要好好地打个滚儿。"他说着就打起滚儿来，"痛快。真痛快啊。"他说，在草皮上蹭着后背，四条腿在空中舞动。"你也应该打个滚儿，沙斯塔。"他哼着鼻子说，"这是最提神的。"

但沙斯塔突然大笑起来，说道："你四脚朝天的样子真滑稽啊！"

"我的样子一点也不滑稽。"布里说。但接着，他突然一骨碌侧过身，抬起头，使劲地瞧着沙斯塔，微微打着鼻息。

"看起来真的很滑稽吗？"他用不安的声音问。

"是啊，很滑稽。"沙斯塔回答道，"但这有什么关系呢？"

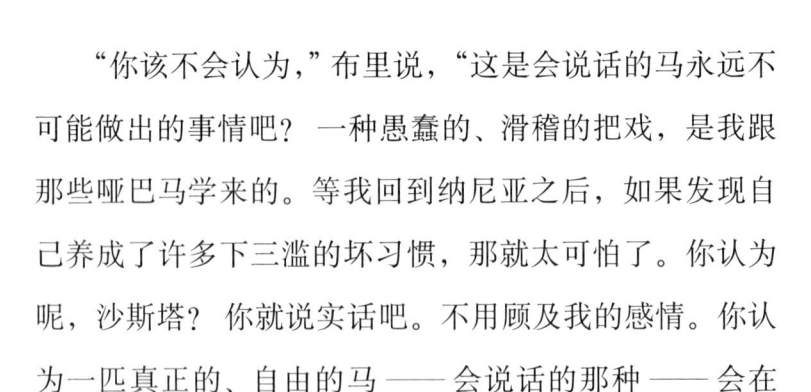

"你该不会认为,"布里说,"这是会说话的马永远不可能做出的事情吧? 一种愚蠢的、滑稽的把戏,是我跟那些哑巴马学来的。等我回到纳尼亚之后,如果发现自己养成了许多下三滥的坏习惯,那就太可怕了。你认为呢,沙斯塔? 你就说实话吧。不用顾及我的感情。你认为一匹真正的、自由的马——会说话的那种——会在地上打滚儿吗?"

"我怎么知道? 反正,如果我是你,大概不会为这种事操心的。我们首先得到达纳尼亚。你认识路吗?"

"我知道去塔什班城的路。在那之后便是沙漠。哦,我们肯定有办法穿过沙漠,别担心。啊,到时候就能看见北方的群山了。想想吧! 去纳尼亚,去北方! 没有什么能阻止我们。但经过塔什班城后我会很高兴。你和我离城市远一点更安全。"

"就不能绕开它吗?"

"那样就必须往内陆走,会把我们带进耕地和大路上;到时候,我就不认识路了。不行,我们只能沿着海岸慢慢走。在这开阔的丘陵地,我们只会遇到绵羊、兔子、海

鸥和几个牧羊人。顺便问一句，现在可以出发了吗？"

沙斯塔把马鞍装在布里身上，自己爬上马背，他的两条腿疼得很厉害，但是马对他很体贴，整个下午都走得很慢。黄昏降临时，他们顺着陡峭的小道进入一片山谷，发现了一个村庄。走进村庄前，沙斯塔下了马，步行走到村里，买了面包和一些洋葱、萝卜。暮色中，马在田野上慢慢地跑，去远处跟沙斯塔碰头。这成了他们的固定模式，每隔一晚都会这么做。

对沙斯塔来说，那些日子太美妙了，一天比一天好，他的肌肉变结实了，也不怎么摔跤了。可是即使骑马训练结束后，布里还说他坐在马鞍上活像一袋面粉。"就算没有危险，年轻人，被人看见你骑着我走在大马路上，我也会感到脸红。"布里虽然说话难听，却是个很有耐心的老师。教人骑马，谁能比一匹马教得更好呢。沙斯塔学会了慢跑、小跑、跳跃，哪怕布里突然停下来，或出其不意地左右摇晃——布里告诉他，在打仗时随时可能需要这样做——他也能坐得稳稳当当。于是，当然啦，沙斯塔就央求布里讲讲他驮着泰坎参加的那些战役和战争。布里还会讲述艰难的行军和在激流中跋涉的经历,讲述骑兵和骑兵之间的激烈战斗。战马和士兵一样勇敢作战,它们都是骁勇善战的种马,经过训练后,它们会咬、会踢,并在适当的时候直起身子,这样,骑手挥起刀剑或战斧砍来时,马的重量和骑手的体重就会落在敌人的头顶上。不过,虽然沙斯塔百听不厌,但布里并不愿意经常谈论打仗的事。"别说那些事了,年轻人。"他总是说,"那只是蒂斯罗克的战争,我是作为奴隶和一头哑巴牲口参战的。让我参加纳尼亚的战争吧,我将作为一匹自由的马,跟自己的人民一起战斗!那才是值得谈论的战争呢。纳尼亚和北方!啦——啦——啦!啰——啰——啰!"

沙斯塔很快就懂得了,每当布里这样说话时,就是要准备奔跑了。

他们走了好几个星期,经过了无数的海湾、岬角、河流和村庄,多得沙斯塔都记不住了,终于,在一个月光皎洁的夜晚,他们白天睡过一觉之后,在傍晚起程了。他们离开了丘陵地带,正在穿过一片广阔的平原,左边

马和男孩

半英里处有一片森林。在他们的右边,大海藏在低矮的沙丘后面,距离也差不多是半英里。他们时而小跑,时而漫步,走了大约一个小时,布里突然停了下来。

"怎么了?"沙斯塔问。

"嘘——嘘!"布里说,他伸长脖子,抽动耳朵,"你听到什么了吗?仔细听。"

"听起来像是另一匹马——在我们和树林之间。"沙斯塔仔细听了大约一分钟,说道。

"是另一匹马。"布里说,"这让我感到很别扭。"

"可能只是一个骑马晚归的农民吧?"沙斯塔说着,打了个哈欠。

"闭上你的嘴!"布里说,"不是骑马的农民,也不是农民的马。你从声音里听不出来吗?这匹马很有品质,而且骑马的是一位真正的骑手。我来告诉你吧,沙斯塔。那片树林边缘的下面有一个泰坎。他骑的不是一匹战马——战马走路的声音太重,而这匹马走路太轻了。我想,他骑的应该是一匹上等的雌马。"

"好吧,不管那是什么,现在停下来了。"沙斯塔说。

"你说得对。"布里说，"为什么我们停下他也停下了呢？沙斯塔，我的孩子，我相信，终于有人在跟踪我们了。"

"那怎么办呢？"沙斯塔说，把声音压得更低了，"你说，他是不是不仅能听见我们的声音，还能看见我们？"

"在这种光线下，只要我们静静地待着，他就看不见。"布里回答道，"可是，你看！有一团云飘过来了。我们要等到云把月亮遮住，然后尽量不出声地往右边走，一直走到岸边。如果发生最坏的情况，我们可以躲在沙丘里。"

他们一等到云遮住了月亮，就往岸边走去，一开始是步行，后来是小跑。

那团云比最初看起来的还要大、还要厚，不一会儿，夜晚就变得一片漆黑。沙斯塔自言自语地说："我们现在肯定快到那些沙丘了。"突然，他的心一下子跳到了嗓子眼儿，因为前面黑暗中陡然响起一个可怕的声音；那是一声长长的咆哮，透着满腔的忧郁，十分野蛮。布里立刻转过身，以最快的速度向内陆奔跑。

"怎么回事？"沙斯塔气喘吁吁地问。

马和男孩

"狮子!"布里说,他没有放慢脚步,也没有回头。

在那之后的一段时间里,他们一门心思往前奔跑。最后,他们哗啦哗啦地蹚过一条宽阔的浅水小溪,在对岸停了下来。沙斯塔注意到布里在发抖,浑身汗津津的。

"溪水可以让那畜生闻不到我们的气味。"布里稍稍喘过气来后,上气不接下气地说,"现在,我们可以慢慢走一会儿了。"

走着走着,布里说道:"沙斯塔,我真为自己感到害臊。我跟卡乐门一匹普通的哑巴马一样,害怕得要死。真的。我一点也不觉得自己是一匹会说话的马。我不在乎宝剑、长矛和弓箭,但我受不了——那些野兽。我还是慢跑一会儿吧。"

然而,大约一分钟后,他又开始奔跑了,这也难怪。因为咆哮声又响了起来,这次是从左边森林的方向传来的。

"它们有两只。"布里叹着气说。

他们奔跑了几分钟,没有再听见狮子发出的声音,沙斯塔说道:"哎呀!现在另一匹马也在我们旁边奔跑呢。离我们很近。"

"这样更——更好。"布里气喘吁吁地说,"泰坎骑在马上——会拿着一把剑——保护我们大家。"

"可是,布里!"沙斯塔说,"与其被抓,还不如被狮子咬死呢。至少我是这样。他们会以偷马的罪名绞死我的。"他不像布里那么害怕狮子,因为他从没见过狮子,但布里见过。

布里只是哼了一声作答,但还是转向了右边。奇怪的是,另一匹马似乎同时转向了左边,所以几秒钟内,他们之间的距离就大了很多。然而就在这时,又传来两声狮吼,一声紧接一声,一声在右边,一声在左边,两匹马又开始互相靠拢。显然,狮子也在靠近。两边狮子的咆哮声近得可怕,它们似乎很容易就能追上两匹奔跑的马。接着,云团散去了。亮得惊人的月光把一切照得像白天一样清楚。两匹马和两名骑手正肩并肩、膝对膝地奔跑,就像在参加赛马一样。确实,布里(事后)说,在卡乐门从没见过比这更精彩的比赛。

沙斯塔此刻觉得自己彻底完蛋了。他开始猜想,狮子是会一口就咬死你,还是会像猫玩弄老鼠一样玩弄你,

马和男孩

那会有多疼呢。就在这时（人在最可怕的时刻就会有这本事），他看清了一切。他看到另一位骑手非常瘦小、苗条，穿着盔甲（月光照得盔甲闪闪发亮），骑马的姿势很气派，脸上没有胡子。

他们面前赫然出现一片闪亮而平坦的东西。沙斯塔还没来得及猜出那是什么，随着哗啦一声，他发现自己被灌了一嘴的咸水。这片闪亮的东西原来是一道长长的海湾。两匹马都在游泳，水已经淹到了沙斯塔的膝盖。他们身后传来一声愤怒的咆哮，沙斯塔回头一看，看见一个毛茸茸的、可怕的庞然大物蹲在水边；但只有一个。

"我们肯定是把另一头狮子给甩掉了。"他想。

狮子似乎认为不值得为这份猎物弄湿自己的身体；反正，它没打算到水里来追捕他们。此刻，两匹马并排走到水中央，可以清楚地看到对岸的一切。那个泰坎还没有说过一句话。"但他会说的。"沙斯塔想，"一上岸他就会说话了。我该说什么呢？我必须赶紧编一个故事。"

突然，有两个声音在他身边说话了。

"哦，我太累了。"一个声音说。

"住嘴，赫温，别犯傻。"另一个声音说。

"我准是在做梦。"沙斯塔想，"我敢发誓，那另一匹马说话了。"

不一会儿，两匹马不再游泳，而是在走路了。随着哗啦哗啦一阵响，水从他们的身体两侧和尾巴上流下来，伴随着八只蹄子踩在鹅卵石上的嘎吱声，他们来到了小海湾对岸的海滩上。令沙斯塔意外的是，泰坎根本就没有审问他的意思。他甚至连看都不看沙斯塔一眼，似乎急着催马赶路。布里却立刻用肩膀挡住了另一匹马的去路。

"啰——啰——哈！"他用鼻子哼道，"站住别动！

马和男孩

我听到你说话了。没必要再装了,女士。我听见了你的声音。你是一匹会说话的马,一匹像我一样的纳尼亚的马。"

"就算这样,又跟你有什么关系?"那个陌生的骑手凶巴巴地说,把一只手放在了剑柄上。但是听到这说话的声音,沙斯塔已经明白一些事情。

"哎呀,只是个女孩子!"他惊叫道。

"就算我只是个女孩子,又跟你有什么关系?"陌生人厉声说道,"你可能只是一个小男孩,一个粗鲁、普通的小男孩——可能还是个奴隶,偷了主人的马。"

"你还知道什么。"沙斯塔说。

"他不是小偷,小泰吉娜①。"布里说,"至少,真有谁偷东西的话,倒不如说是我偷了他。至于这关不关我的事,你总不会指望我在这个陌生的国度里与一位同种族的女士擦肩而过,却不跟她说句话吧?我这么做是很自然的。"

"我也认为很自然。"雌马说。

---

① 前文已经提到,"泰坎"是卡乐门王国贵族之意。这里出现的泰吉娜指的是女性贵族。

"我希望你闭嘴,赫温。"女孩说,"看看你给我们带来的麻烦。"

"我不知道有什么麻烦。"沙斯塔说,"你们想走就走吧,我们不会耽搁你们。"

"是啊,谅你们也不会。"女孩说。

"这些人类真是爱争吵的动物啊。"布里对雌马说,"他们和骡子一样差劲。我们说点有意思的话吧。我想,女士,你的身世跟我一样吧?幼年时被抓——被卡乐门人奴役了很多年?"

"说得太对了,先生。"雌马带着哀怨的嘶鸣说。

"现在,也许可以——逃跑?"

"叫他少管闲事,赫温。"女孩说。

"不,我不,阿拉维斯。"雌马说,两个耳朵往后一竖,"我在逃跑,你也在逃跑。我相信,这样一匹高贵的战马是不会出卖我们的。我们想要逃走,逃到纳尼亚去。"

"我们当然也是。"布里说,"你肯定立刻就猜到了。半夜三更,一个衣衫褴褛的小男孩骑着(或勉强骑着)一匹战马,除了某种形式的逃跑外,没有其他解释。同

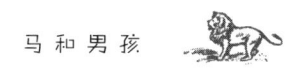

时,请原谅我这么说,一位出身高贵的泰吉娜,夜里骑马独行——穿着她哥哥的盔甲——巴不得大家都不要管闲事,不要问她任何问题——好吧,如果这其中没有可疑之处,就叫我傻瓜吧!"

"那好吧。"阿拉维斯说,"你猜对了。我和赫温正在逃跑。我们想到纳尼亚去。我说了,怎么样?"

"啊,既然如此,我们有什么理由不一起走呢?"布里说,"我相信,赫温女士,你愿意接受我在旅途中能给予你的帮助和保护吧?"

"你为什么老是跟我的马说话,不跟我说话?"女孩问。

"请原谅,泰吉娜。"布里说(耳朵稍稍向后翘了一下),"但你这是典型的卡乐门说话方式。赫温和我,我们是自由的纳尼亚人,我想,既然你要逃往纳尼亚,那么你也想成为一个自由的纳尼亚人。这样的话,赫温就不再是你的马。完全可以说,你是属于她的人类。"

女孩张开嘴想说话,却又停住了。显然,她以前没有从这样的角度看问题。

"不过,"她停了一会儿,说道,"我不知道大家一起去有多大意义。这样不是更容易惹人注意吗？"

"恰恰相反。"布里说。然后，雌马说道："哦，我们一起走吧。那样我会感觉踏实多了。我们连路怎么走都没把握。我相信，这样一匹伟大的战马，知道的肯定比我们多得多。"

"哦，走吧，布里，"沙斯塔说，"让她们走自己的路。难道你看不出来，她们不想跟我们在一起吗？"

"我们想跟你们一起走。"赫温说。

"听我说，"女孩说，"战马先生，我不反对跟你一起走，但这个男孩怎么办？我怎么知道他不是个密探呢？"

"你为什么不直接说你认为我配不上你呢？"沙斯塔说。

"别说话，沙斯塔。"布里说，"泰吉娜的问题很有道理。我可以为这孩子担保，泰吉娜。他对我很真诚，是个好朋友。可以肯定，他不是纳尼亚人就是阿钦兰人。"

"那好吧。我们一起走。"但她一句话也没跟沙斯塔说，显然，她想要的是布里，不是他。

"太好了！"布里说，"现在水流把我们和那些可怕的动物隔开了，你们两个人类不妨卸下我们身上的马鞍，

马和男孩

大家休息一下,听听彼此的故事,怎么样?"

两个孩子给各自的马卸下马鞍,两匹马吃了点草,阿拉维斯从她的鞍袋里拿出了非常好吃的东西。但是沙斯塔在生闷气。他说,不,谢谢,他不饿。他想装样子,摆出一副自认为很有架子、很生硬的派头,但是在一个渔民的小屋里,他能学到什么高贵的礼仪和风度呢,结果就很糟糕。他隐约知道自己没有成功,因而感到更尴尬、更闷闷不乐了。另一边,两匹马倒是相处得很融洽。他们都记得纳尼亚一些相同的地方——"河狸大坝上面的那片草原",还发现他们竟然是远房表亲。这样一来,两个人类就越发地感到不自在了,最后,布里终于开口说道:"好了,泰吉娜,给我们讲讲你的故事吧。慢慢讲——我现在感觉很舒服。"

阿拉维斯立刻讲了起来,她一动不动地坐着,说话的语气和风格和平时完全不同。因为在卡乐门,讲故事(不管故事是真的还是编的)是需要学习的,就像英国的男孩和女孩学习写作文一样。不同的是,人们都想听故事,而我从来没听说过有人想读作文。

第3章 在塔什班城门口

"我的名字,"姑娘立刻说道,"叫泰吉娜阿拉维斯,是泰坎基什提的独生女,基什提是泰坎利什蒂的儿子,利什蒂是泰坎老基什提的儿子,老基什提是蒂斯罗克伊

马 和 男 孩

松布勒的儿子,伊松布勒是蒂斯罗克阿迪伯的儿子,阿迪伯是塔什神的直系后裔。我父亲是卡拉瓦尔省的领主,他有权穿着自己的靴子站在蒂斯罗克本人(愿他长生不老)面前。我的母亲(愿神保佑她)已经去世,我父亲又娶了一位妻子。我的哥哥在遥远的西部与叛军作战时死去,我的弟弟还是个孩子。现在,我父亲的妻子,也就是我的继母,对我恨之入骨,只要我住在我父亲的房子里,太阳在她眼里也是黑的。因此,她怂恿我父亲,要把我嫁给泰坎阿霍什塔。这个阿霍什塔出身卑微,尽管最近几年,他靠阿谀奉承和出一些坏点子赢得了蒂斯罗克(愿他长生不老)的青睐,现在已被封为泰坎,是许多城市的领主,而且很可能在现任大宰相死后被任命为宰相。他至少六十岁了,是个驼背,脸长得像猿猴一样。然而,我父亲贪图这个阿霍什塔的财富和权力,在他妻子的蛊惑下,派使者去给我提亲,阿霍什塔欣然接受了这个提议,并捎信说他将在今年盛夏时娶我为妻。

"我听到这个消息,眼前顿时一片黑暗,躺在床上哭了一整天。但是第二天,我起床洗了把脸,叫人给我

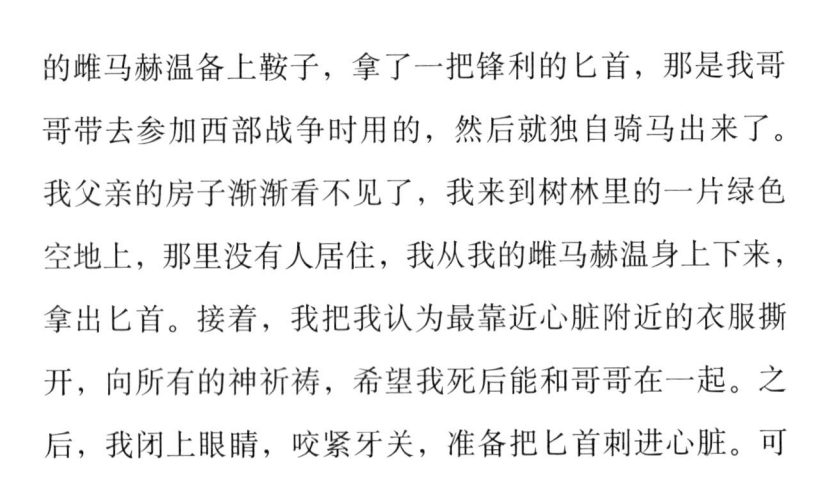

的雌马赫温备上鞍子，拿了一把锋利的匕首，那是我哥哥带去参加西部战争时用的，然后就独自骑马出来了。我父亲的房子渐渐看不见了，我来到树林里的一片绿色空地上，那里没有人居住，我从我的雌马赫温身上下来，拿出匕首。接着，我把我认为最靠近心脏附近的衣服撕开，向所有的神祈祷，希望我死后能和哥哥在一起。之后，我闭上眼睛，咬紧牙关，准备把匕首刺进心脏。可是，我还没来得及这么做，这匹雌马就用人类女孩的声音说道：'哦，我的女主人，你千万不要毁灭自己，只要你活着，就可能有好运，而所有的死人都没了希望。'"

"我说的远没有事实好。"雌马喃喃地说。

"嘘，女士，嘘。"布里说，他非常欣赏这个故事，"她在用卡乐门恢宏的叙事方式讲这个故事，蒂斯罗克宫廷里讲故事的人没有一个能超过她。请继续说下去，泰吉娜。"

"当我听到人类的语言从我的雌马嘴里说出时，"阿拉维斯接着说道，"我对自己说，是对死亡的恐惧扰乱了我的理智，使我产生了幻觉。我感到十分羞愧，因为我家族中的人全都不惧怕死亡，就像不惧怕蚊虫的叮咬一样。因此,我第二次把匕首刺向自己,可是赫温走到我面前,把脑袋挡在我和匕首之间,跟我讲了许多深刻的理由,并像母亲责备女儿一样责备我。我实在是太惊讶了,忘记了自杀,也忘记了阿霍什塔。我说:'哦,我的马儿,你是怎么学会像人类的女孩一样说话的?'赫温就对我说了大家都知道的事情:纳尼亚有会说话的动物,她还是一匹小马驹的时候,被人从纳尼亚偷走了。她还给我讲了纳尼亚的森林、江河湖海、城堡和大船,后来我说:'塔什神、艾泽拉斯和夜之女神扎迪娜在上,我有一个伟大的愿望,希望能去纳尼亚这个国家。''哦,我的女主人,'雌马回答,'你在纳尼亚一定会感到很幸福的,那里没有一个姑娘会违背自己的意愿,被迫嫁人。'

"我们在一起聊了很久,我心里又有了希望,很庆幸没有寻短见。此外,我和赫温商定要一起偷偷溜走,我们的计划是这样的。我们回到父亲家里,我穿上最漂亮的衣服,在父亲面前又唱又跳,假装对他为我准备的婚礼很满意。我还对他说:'哦,我的父亲,哦,我的喜悦之光,请允许我带着我的一个侍女,独自到森林里去待三天，秘密地祭祀夜之女神和少女之神扎迪娜，这是少女们告别扎迪娜的庇护，准备结婚时的习惯做法。'他回答说：'哦，我的女儿，哦，我的喜悦之光，应该这样。'

"但是，我从父亲那里离开后，立刻去找了他最老的奴隶——他的文书。当我还是个婴儿的时候，他曾把我抱在膝头呵护，他爱我胜过了爱空气和光明。我让他发誓要保守秘密，然后央求他替我写一封信。他哭了，恳求我回心转意，但最后他说，'听到就要服从'，并完全照我的意思做了。我把信封好，藏在怀里。"

"信里写了什么呢？"沙斯塔问。

"别说话，小家伙。"布里说，"你要把故事搞砸吗？她会在合适的时候告诉我们这封信的内容。继续说，泰吉娜。"

"然后，我唤来了跟我一起去树林里为扎迪娜举行仪式的侍女，让她一早就叫醒我。接着我就和她一起快乐地玩耍，让她喝酒。我往她的杯子里加了一些东西，我知道，她肯定会睡上一天一夜。当我父亲家里的人都睡熟后，我就悄悄起床，穿上我哥哥的盔甲——为了纪念

哥哥，我一直把盔甲放在我的房间里。我把所有的钱和一些精选的珠宝都装进腰带，还给自己准备了干粮，然后亲手给雌马套上马鞍，在后半夜骑马离开了。我没有走向我父亲以为我要去的树林，而是朝着塔什班城的东北方向前进。

"三天多以后，我知道父亲被我告诉他的话所蒙蔽，不会来寻找我了。第四天，我们到达了阿齐姆·巴尔达城。话说，阿齐姆·巴尔达城位于许多道路的交会处，蒂斯罗克（愿他长生不老）的信使骑着快马从这里奔往王国的各个地方。通过驿站来传递消息，是大泰坎们的权利和特权之一。因此，我去了阿齐姆·巴尔达城的王国驿站的信使长那里，对他说：'信使长，我这里有一封我叔叔泰坎阿霍什塔写给卡拉瓦尔省长泰坎基什提的信。你收下这五个月牙币，派人给他送去吧。'信使长说：'听到就要服从。'

"这封信是假借阿霍什塔的名义写的，它的大意是：'泰坎阿霍什塔向泰坎基什提致以问候与平安礼。以不可抗拒、不可阻挡的塔什神的名义，您要知道，当我前往您的府上，履行我和您的女儿泰吉娜阿拉维斯的婚约时，在命运和诸神的安排下，我在森林里遇见了她，当时，她依照少女的习俗，结束了扎迪娜女神的仪式和祭祀。当我得知她的身份后，非常欣赏她的美貌和贤淑，心头顿时燃烧起了爱情之火。我觉得，如果我不马上迎娶她，太阳在我眼中都会变得一片黑暗。因此，就在见到您女儿的那一刻，我准备了必要的礼品，立即迎娶了她，并把她带回了我自己家里。我们俩都祈祷并嘱咐您尽快前来，因为我们很高兴看到您的容颜，聆听您的话语；还请您把我妻子的嫁妆带来，因为我的开销巨大，急需这笔费用。您和我情同兄弟，我相信您不会因为我仓促结婚而生气，这完全是出于我对您女儿炽烈的爱。我祈祷您得到诸神的保佑。'

"办完这件事后，我立刻骑马离开了阿齐姆·巴尔达城。我并不担心被人追赶，我想，我父亲收到这样一封信之后，肯定会给阿霍什塔回信，或者亲自去见他。在事情穿帮之前，我早就过了塔什班城。这是我故事的主要内容，然后就是今天晚上被狮子追逐，遇到了在海

水中游泳的你们。"

"那女孩后来怎么样了——就是你给她下药的那个?"沙斯塔问。

"她肯定因为睡懒觉挨了一顿打。"阿拉维斯冷淡地说,"但她是我继母的密探,被她当枪使。我很高兴她挨揍。"

"我觉得这不太公平。"沙斯塔说。

"我做的这些事情,哪个也不是为了让你满意才做的。"阿拉维斯说。

"关于这个故事,我还有一点不明白。"沙斯塔说,"你还没有成年,我敢说,你年龄跟我差不多。我不相信你会比我大。你小小年纪,怎么能结婚呢?"

阿拉维斯没有回答,但布里立刻说道:"沙斯塔,不要表现你的无知了。在大泰坎的家族里,都是在这个年纪结婚的。"

沙斯塔的脸涨得通红(不过天色还不太亮,其他人看不出来),觉得自己讨了个没趣。阿拉维斯请布里讲他的故事。布里就讲了起来,沙斯塔觉得,布里把他骑马笨拙、频频摔跤的过程讲得太详细了,完全没有必要。布里显然认为很有趣,但阿拉维斯没有笑。布里讲完后,大家就都睡觉了。

　　第二天,他们四个,两匹马和两个人,继续他们的旅程。沙斯塔认为,他和布里独自赶路的时候要愉快得多。因为现在主要都是布里和阿拉维斯说话。布里在卡乐门住了很长时间,一直和泰坎以及泰坎的坐骑们在一起,当然就对阿拉维斯认识的许多人和地方都很熟悉。阿拉维斯总会这样说:"如果你参加了扎林德雷之战,就应该见过我表哥阿里马什。"布里就会回答:"哦,见过,阿里马什,你知道,他只是战车队的队长。我不太欣赏战车,也不太欣赏拉战车的那种马。那不是真正的骑兵。但他是个值得尊敬的贵族。占领提贝斯之后,他在我的饲料袋里装满了糖。"或者布里会说:"那年夏天我在麦斯列尔湖边。"然后阿拉维斯就会说:"哦,麦斯列尔!我有个朋友在那儿,泰吉娜拉萨拉林。那是个多么令人愉快的地方啊。那些花园,还有那个百香谷!"布里不是故意要把沙斯塔撇在一边,但沙斯塔有时觉得他有这个意思。知道很多同样事情的人会情不自禁地谈论那些事情，如果你也在场，就忍不住会觉得自己成了局外人。

面对布里这样一匹伟大的战马，雌马赫温显得很害羞，很少说话。阿拉维斯尽可能一句话也不跟沙斯塔说。

不过，他们很快就有了更重要的事情要考虑。离塔什班城越来越近了。村子逐渐多了起来，而且规模越来越大，路上的人也越来越多。现在，他们几乎都在夜间赶路，白天尽量躲藏起来。每次停下来，他们都不停地争论：到了塔什班之后该怎么办。每个人都在拖延这个难题，但现在再也拖延不得了。在这些讨论中，阿拉维斯对沙斯塔的态度友好了那么一点点；一个人在制订计划的时候，通常会比什么都不谈的时候更容易相处一些。

布里说，现在要做的第一件事就是约定一个地点，如果他们在经过塔什班城的时候走散了，就在塔什班城的另一边碰头。他说，最理想的地点是沙漠边缘的古代国王陵墓。"那些陵墓像巨大的石头蜂箱，"他说，"谁都不可能看不见。最棒的一点是，卡乐门人都不愿意靠近那里，认为那地方有食尸鬼出没，都很害怕。"阿拉维斯问是不是真的有食尸鬼出没。布里却说，他是一匹自由的纳尼亚的马，不相信这些卡乐门的故事。这时沙斯塔说，他自己也不是卡乐门人，对这些老掉牙的食尸鬼故事根本不感兴趣。这不完全是实话，却给阿拉维斯留下了很深的印象（但当时她也有些恼火），当然啦，她说她也不在乎有多少食尸鬼。就这样决定了，陵墓是他们在塔什班城另一边的集合地，大家都觉得讨论得很顺利，直到赫温谦逊地指出，真正的问题不是他们通过塔什班城之后应该去哪里，而是怎么通过塔什班城。

"这个问题我们明天再讨论，女士。"布里说，"现在该睡一会儿了。"

然而，问题并不容易解决。阿拉维斯的第一个建议是，他们半夜三更从城市下面的河里游过去，根本就不用进入塔什班城。但是布里有两个反对的理由。一是河口太宽，赫温游不了那么长的距离，更何况背上还驮着一个人。（他觉得这距离对他自己来说也太长了，但他没怎么提到这一点。）另一个理由是河里挤满了船只，如果有人从船的甲板看到两匹马游过，肯定会感到好奇的。

沙斯塔认为应该往河的上游走,越过塔什班城,在河流较窄的地方过河。但布里解释说,河的两岸延绵几英里都是花园和游乐场所,会有泰坎和泰吉娜住在那儿的房子里,他们在公路上骑马,在河上举办水上派对。事实上,那是世界上最危险的地方,最有可能遇到能认出阿拉维斯甚至他自己的人。

"我们只好伪装一下了。"沙斯塔说。

赫温说,她认为最安全的办法似乎是从城门进、从城门出,直接穿城而过,因为混在人群里不太容易被注意到。不过她也赞成伪装一下。她说:"两个人类都要打扮得衣衫褴褛,看上去像是农民或奴隶。阿拉维斯的盔甲、我们的马鞍和其他东西,都必须打成捆,驮在我们的背上,两个孩子必须假装赶着我们走,让人们以为我们是驮东西的马。"

"我亲爱的赫温!"阿拉维斯十分轻蔑地说,"不管你怎么乔装打扮布里,谁都能一眼看出他是一匹战马!"

"其实我不这么认为。"布里说着,喷了个鼻息,耳朵稍稍向后翘了翘。

"我知道这不是一个很好的计划。"赫温说,"但我认为这是我们唯一的机会。我们已经很久没有擦洗身体了,看起来完全变了样(至少我相信我自己是这样)。我真的认为,如果我们往身上糊满泥巴,走路低着头,一副又累又懒的样子——几乎不把蹄子抬起来——应该不会惹人注意。我们的尾巴应该剪短一些。注意,别剪得太整齐,要弄得乱糟糟的。"

"我亲爱的女士。"布里说,"你有没有想过,如果你这副样子回到纳尼亚,该有多不体面啊?"

"是的,"赫温谦恭地说(她是一匹非常明事理的雌马),"但最重要的是能到达那儿。"

虽然大家都不太喜欢赫温的计划,但最后也不得不采用。这是一个难办的计划,牵涉到沙斯塔所说的"偷窃",布里称之为"偷袭"。那天晚上,一家农场丢了几个麻袋,第二天晚上,另一家农场丢了一捆绳子;但是阿拉维斯穿的几件破旧的男孩衣服,必须老老实实地从村子里花钱买来。夜幕降临时,沙斯塔得意扬扬地拿着衣服回来了。其他人都在一片低矮的青山脚下的树林里

等着他，青山正好位于他们的路上。每个人都很兴奋，因为这是最后一座山了；当他们到达山顶时，就可以俯瞰塔什班城了。"真希望我们能安全通过它。"沙斯塔喃喃地对赫温说。"哦，我也是，我也是。"赫温热烈地说。

那天晚上，他们顺着一条樵夫的小路，蜿蜒穿过树林，上了山脊。当他们从山顶的树林里出来时，看到了下面山谷里的万家灯火。沙斯塔根本不知道大城市会是什么样子，这情形让他感到害怕。他们吃了晚饭，两个孩子睡了一会儿。但是一大早，两匹马就把他们叫醒了。

星星还挂在天上，草地上又冷又湿，就在他们右边远处的海面上，天空刚露出了一点鱼肚白。阿拉维斯向树林里走了几步，回来时穿着新买来的旧衣服，看上去怪怪的，她把自己的衣服捆在一起。这些衣服，还有她的盔甲、盾牌、弯刀、两个马鞍，以及两匹马的其他漂亮装备，都被装进了几个麻袋。布里和赫温已经把自己弄得邋里邋遢，只是尾巴还没有剪短。唯一能派上用场的工具是阿拉维斯的那把弯刀，为了把它取出来，只能把一个包重新打开。剪尾巴费了不少时间，还把两匹马给弄疼了。

"哎呀！"布里说，"如果我不是一匹会说话的马，准会照你的脸上狠狠踢上一脚！我以为你是要把我尾巴剪短，而不是拔掉。我感觉像是被连根拔掉了。"

尽管天色昏暗，手指冻得冰冷，但最后一切总算弄好了，大麻袋绑在马背上，缰绳（两匹马现在不戴马勒和缰绳了）握在两个孩子手里，旅程开始了。

"记住。"布里说，"我们尽量不要分开。如果不行，就在古代国王的陵墓集合，先到的必须等着其他人。"

"还要记住。"沙斯塔说，"不管发生什么事，你们这两匹马都不要忘乎所以，张嘴说话。"

第4章 沙斯塔遇到了纳尼亚人

起初,在下面的山谷里,沙斯塔什么也看不见,只有一大片薄雾,雾中耸立着几座圆顶和尖塔;但是,随着天色越来越亮,薄雾渐渐散去,他看到的东西越来越多。一条宽阔的大河分成了两条小溪,在两条小溪之间的岛屿上,矗立着世界奇观之一,塔什班城。岛屿的边缘,溪水拍打着石头,一道道高墙巍然耸立,上面的塔楼有那么多,他很快就不再去数了。城墙里面的岛上耸立着一座小山,山上的每一处,直到山顶上的蒂斯罗克宫殿和塔什神的大庙,都完全被建筑物覆盖——露台之上还有露台,街道之上还有街道,弯弯曲曲的道路,巨大的台阶,两边是橘子树和柠檬树,还有屋顶花园,阳台，深深的拱门，柱廊，高塔，城垛，宝塔和尖塔。当太阳终于从海上升起时，神庙巨大的镀银圆顶反射出光芒，把沙斯塔的眼睛几乎都照花了。

"走吧，沙斯塔。"布里不停地说道。

山谷两边的河岸上都是大片大片的花园，一开始看上去像森林，但走近一看，就见树下露出无数座房屋的白墙。不久之后，沙斯塔闻到了一股花香和水果的香气。大约十五分钟后，他们来到了花园中间，在一条平坦的路上缓缓地走着，两边都是白色的墙，树木在墙头探出枝杈。

"哎呀，"沙斯塔用敬畏的声音说道，"真是一个美妙的地方！"

"是啊。"布里说，"但我希望我们能安全穿过这里，从另一边出去。奔向纳尼亚和北方！"

就在这时，一个低沉的、隆隆的声音响了起来，渐渐地，声音越来越大，最后整个山谷似乎都随着摇晃。这是一种宛如音乐的声音，但又那么强烈而庄严，让人感到有点害怕。

马和男孩

"这是打开城门的号角声。"布里说,"我们马上就到了。现在,阿拉维斯,把肩膀耷拉下来一点,步子迈得沉重一点,尽量让自己别那么像一个公主。试着想象一下,你这辈子一直被人踢打、辱骂、扇巴掌。"

"说到这个,"阿拉维斯说,"你是不是应该把脑袋再低一点,脖子再弯下来一点,尽量让自己别那么像一匹战马呢?"

"嘘。"布里说,"我们到了。"

果然到了。他们已经来到河边,前面的路通向一座多拱桥。河水在清晨的阳光下欢快地跳动;在右边靠近河口的地方,他们看见了一些船的桅杆。在他们前面,

还有几位行人在桥上，大多数是农民，赶着驮货物的驴子和骡子，或者头上顶着篮子。两个孩子和两匹马汇入了人群。

"有什么不对吗？"沙斯塔低声问阿拉维斯，阿拉维斯脸上有一种异样的表情。

"哦，对你来说一切都很好。"阿拉维斯态度很凶地低声说，"你会关心塔什班城吗？而我应该坐在轿子上，前面有士兵，后面有奴隶，也许是去蒂斯罗克（愿他长生不老）的宫殿参加宴会——而不是像这样偷偷摸摸地溜进去。对你来说就无所谓了。"

沙斯塔认为这番话莫名其妙。

在桥的另一端，城墙高高地耸立在他们上方，黄铜城门大开着，门洞很宽，但看起来很窄，因为它太高了。六名士兵执着长矛站在城门两边。阿拉维斯忍不住想："如果他们知道我是谁的女儿，肯定都会跳起来立正，向我敬礼。"其他人却只一心想着怎么顺利通过，希望士兵不要问任何问题。幸运的是，他们什么也没问。但是其中一个士兵从一个农民的篮子里拿出一根胡萝卜，粗

马和男孩

鲁地大笑着，扔向沙斯塔，说道：

"喂！小马夫！如果你的主人发现你用他的坐骑驮运货物，你准会吃不了兜着走。"

这可把沙斯塔吓坏了，因为这显然说明，凡是对马有点了解的人，都会一眼看出布里是一匹战马。

"这是我主人吩咐的，没问题！"沙斯塔说。其实，他不吭声倒还好些，因为那个士兵朝他的面颊上打了一拳，差点把他打倒在地，并说："吃我一拳，你这小奴才，我教教你怎么跟自由人说话。"不过，他们总算偷偷溜进了城市，没有受到阻拦。沙斯塔只哭了一会儿；他已经习惯了遭受毒打。

进了城门，塔什班城一开始并不像从远处看上去时那么壮观。第一条街道很窄，两边的墙上几乎没有窗户。街上比沙斯塔想象的要拥挤得多：有些是跟他们一起进城的农民（他们要去赶集），此外还有卖水的、卖糖果的、脚夫、士兵、乞丐、衣衫褴褛的小孩、母鸡、流浪狗和赤脚的奴隶。如果你也在，注意到的应该主要是那些气味，来自没有洗澡的人、肮脏的狗、体臭、大蒜、洋葱，以及随处可见的成堆的垃圾。

沙斯塔假装在前面领路，但实际上，领路的是布里。布里认识路，不断地用鼻子轻轻一碰，给沙斯塔指路。不一会儿，他们向左一拐，开始爬一座陡峭的小山。这里的空气清新多了，也舒服多了，因为路的两旁都是树，只有右边才有房子，另一边，他们放眼望去，目光越过下城区的屋顶，可以看到河的上游。然后，他们向右拐了个急转弯，继续往上。他们曲里拐弯地向塔什班城的中心走去，很快就来到了一些比较雅致的街道上。闪闪发光的基座上，矗立着卡乐门诸神和英雄们的雄伟雕像——这些雕像大多数都很气派，却并不令人赏心悦目。棕榈树和柱状拱廊，在热得发烫的人行道上投下阴影。沙斯塔透过许多宫殿的拱门，看见了绿色的树枝、清凉的喷泉和平整的草坪。里面一定很漂亮，他想。

每到一个转弯处，沙斯塔都希望能从人群中摆脱出来，然而始终没有。这使他们前进的速度非常缓慢，经常不得不完全停下来。这通常是因为有一个响亮的声音在喊："闪开，闪开，闪开，给泰坎让路"，或者"给泰

马和男孩

吉娜让路"，或者"给第十五任宰相让路"，或者"给大使让路"，人群中的每个人都会赶紧挤到墙边；在他们的头顶上，沙斯塔有时会看到大领主或夫人，所有的骚动都是因他们而起，他们懒洋洋地躺在轿子上，四个甚至六个身形魁梧的奴隶光着膀子，抬着轿子。在塔什班城只有一条交通规则，那就是每个地位低的人都要给地位高的人让路；除非你想挨一鞭子或被长矛戳一下。

就在靠近城市顶端的一条华丽的街道上（再上面就只有蒂斯罗克的宫殿了），最灾难性的一次交通阻塞发生了。

"闪开！闪开！闪开！"一个声音传来，"给蒂斯罗克（愿他长生不老）的客人，白肤色的外邦国王让路！给纳尼亚的贵族老爷让路。"

沙斯塔想闪身躲开，并让布里退回去。然而，任何一匹马，哪怕是来自纳尼亚的一匹会说话的马，要想后退都不容易。一个女人双手拎着一个很危险的篮子，紧跟在沙斯塔后面，她把篮子使劲撞在沙斯塔的肩膀上，说道："喂！你在挤谁呢！"接着，又有一个人从旁边推了沙斯塔一下。在一片混乱中，他手一松，没抓住布里。在这之后，身后的人群变得像一堵结结实实的墙，挤得他动弹不得。阴错阳差地，他发现自己被挤到了第一排，把街上走来的那伙人看得清清楚楚。

这伙人和他们那天见到的其他队伍都不一样。走在前面喊着"闪开，闪开！"的那个人，是队伍里唯一一个卡乐门士兵。没有轿子；每个人都在步行。大约有六个男人，沙斯塔以前从没见过他们这样的人。首先，他们都和他一样，皮肤白皙，而且多半是金色的头发。他们的穿着也跟卡乐门的男人不一样。大多数人的膝盖以下都裸露着。他们的束腰外衣颜色都很漂亮、明艳、浓郁——翠绿色、艳黄色或蔚蓝色。他们头上戴的不是缠头巾，而是钢帽或银帽，有些帽子上镶着珠宝，还有一顶帽子两边都插着小翅膀。还有几个人没戴帽子。他们腰间的宝剑又长又直，不像卡乐门弯刀那样有弧度。大多数卡乐门士兵都是严肃而神秘的，他们却是大摇大摆地走路，甩着肩膀和胳膊，一路谈笑风生，有一个还在吹口哨。可以看出，他们愿意和每一个友好的人做朋友，

对那些不友好的人根本不屑一顾。沙斯塔觉得，他这辈子从没见过这么可爱的人。

然而，没有时间好好欣赏了，因为就在这时，发生了一件真正可怕的事情。那些金发男人的首领突然指着沙斯塔，大声喊道："他在这儿！我们的逃犯在这儿！"然后一把抓住他的肩膀。接着，他扇了沙斯塔一记耳光——打得不狠，不是为了让你哭，但是声音脆响，是为了让你颜面扫地。他摇晃着沙斯塔，又说道：

"你真丢脸，我的主人！你真不害臊！苏珊女王的眼睛都为你哭红了。怎么回事！逃走了一整夜！你跑哪儿去了？"

沙斯塔哪怕有一点机会，都会冲到布里的身子底下，尽量躲进人群里；可是，那些金发男人已经把他团团围住。他被抓住了，动弹不得。

当然，他产生的第一个冲动，是说自己只是穷渔夫阿西什的儿子，这位异邦的领主一定是认错人了。但是，在那个拥挤的地方，他最不想做的事情就是解释自己是谁，在做什么。一旦他开始解释，很快就会有人问他这匹马是从哪儿弄来的，阿拉维斯是谁——然后，他就再也没有机会通过塔什班城了。他的第二个冲动是向布里求助。但是布里不想让所有的人都知道自己会说话，他站在那里，像一匹普通马一样呆头呆脑。至于阿拉维斯，沙斯塔甚至不敢看她一眼，生怕引起别人的注意。他根本来不及思考，因为那个纳尼亚的首领立刻说道：

"佩里丹，请你礼貌地握住小少爷的一只手，我握住另一只手。好，走吧。等我们这位小家伙安然无恙地回到住处，我们的王室姐姐就该放心了。"

就这样，他们还没走完一半塔什班城，所有的计划就都泡汤了，沙斯塔连跟其他人说声再见的机会都没有，就发现自己被陌生人押走，完全猜不到接下来会发生什么事情。纳尼亚国王——沙斯塔从其他人说话的态度中看出，那个拉着他手的人肯定是个国王——不停地问他问题：他去过什么地方，是怎么逃出来的，衣服弄到哪里去了，他是否知道自己很淘气。不过，国王说的是"淘"而不是"淘气"。

沙斯塔一句也没回答，他知道，不管说什么都可能

马和男孩

带来危险。

"什么！一声不吭？"国王问，"我必须坦率地告诉你，王子，这种死气沉沉的沉默跟你的血统不相配，甚至比逃跑还要糟糕。逃跑也许可以看成是一个男孩的玩闹，多少有几分灵气。但是，阿钦兰国王的儿子应该为自己的行为负责；而不是像卡乐门奴隶那样耷拉着脑袋。"

这太让人难过了，因为沙斯塔一直觉得这位年轻国王是成年人里最善良的，他很想给他留下一个好印象。

这两个陌生人牵着他——紧紧抓住他的两只手——穿过一条狭窄的街道，走下一段浅浅的台阶，又走上一段台阶，来到一道白墙上的一个大门口，门两边各有一棵高大的、黑油油的柏树。进入拱门之后，沙斯塔发现自己来到了一个庭院，同时也是一座花园。中央有一个大理石水池，清澈的喷泉落入其中，不断地激起涟漪。周围平整的草地上长着橘子树，环绕草坪的四面白墙上爬满了攀缘月季。一下子，街道上的噪声、灰尘和拥挤似乎都消失了。他被领着迅速穿过花园，来到一个黑暗的门口。那个喊话的人留在外面。之后，他们带着他穿过一条走廊，他滚烫的脚踩在走廊的石头地面上，感觉非常凉爽，然后又上了几段楼梯。片刻之后，他发现自己在一间明亮通风的大房间里眨巴眼睛，那些敞开的窗户都是朝北的，所以没有阳光照进来。地上铺着一块地毯，颜色比他见过的任何东西都鲜艳得多，他的脚陷在地毯里，仿佛踩在厚厚的青苔上。墙的四周都是低矮的沙发，上面放着鼓鼓的靠垫。房间里似乎挤满了人，沙斯塔觉得其中有些人非常奇怪。可是没等他来得及细想，就有一位他这辈子都没见过的最美丽的女士站了起来，把他搂在怀里，亲吻着他说道：

"哦，科林，科林，你怎么能这样？自从你的母亲去世，你和我一直是那么亲密的朋友。如果我不带着你一起回家，我该怎么向你的父王交代呢？这几乎会挑起阿钦兰和纳尼亚之间的战争呢，这两个国家自古以来就是友好邻邦。你这样捉弄我们，真是太淘气了，你这玩伴，太淘了。"

"看来，"沙斯塔暗自想道，"我是被错当成阿钦兰的王子了，天知道阿钦兰在哪里。这些人一定是纳尼亚人。

马和男孩

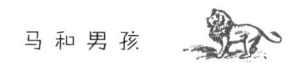

不知那个真正的科林在哪里?"他虽然有这些想法,嘴里并没有说出什么话来。

"你去了哪儿,科林?"女士问道,双手仍然搭在沙斯塔的肩膀上。

"我——我不知道。"沙斯塔结结巴巴地说。

"算了,苏珊。"国王说,"不管真话假话,我从他嘴里都套不出一个字来。"

"陛下!苏珊女王!埃德蒙国王!"一个声音说道。沙斯塔转过身,看向说话的人,顿时惊讶得几乎魂飞魄散。因为这就是他刚走进房间时,用眼角的余光注意到的那些古怪的人中间的一个。他和沙斯塔本人差不多高,腰部以上像人,但腿上长着毛,像山羊一样,形状也像山羊腿,还长着山羊的蹄子和尾巴。他的皮肤很红,头发卷卷的,有一抹尖尖的短胡子和两只小犄角。他实际上是一个半人半羊的农牧神,沙斯塔从没见过农牧神的画像,甚至没有听说过农牧神。如果你读过一本叫《狮子,女巫和魔衣柜》的书,可能就会知道,这就是那个叫塔姆努斯的农牧神,也就是苏珊女王的妹妹露西误打误撞进入纳尼亚的第一天遇到的那个半羊人。不过，他现在老了许多，因为彼得、苏珊、埃德蒙和露西已经在纳尼亚当了好多年国王和女王了。

"陛下，"他说，"小殿下有点儿中暑了。看看他吧！他晕头晕脑的，不知道自己在哪里。"

这样一来，大家也就不再责骂沙斯塔，也不再问他问题了，他们对他百般关心，让他躺在沙发上，在他脑袋下面放了靠垫，用金杯盛着冰镇果子露给他喝，并叫他保持安静。

沙斯塔这辈子从来没有享受过这样的待遇。他甚至从来没有想象过能躺在沙发这么舒服的地方，喝到果子露这么美味的东西。他还在猜想：其他人怎么样了，怎样才能逃出去，到陵墓去和他们会合，以及当那个真的科林出现时，会发生什么事情。但是他现在感觉很舒服，这些担忧就显得都没有那么紧迫了。说不定过一会儿还会有好吃的东西呢！

这个凉爽通风的房间里的人都很有趣。除了农牧神，还有两个矮人（他从没见过这种生物）和一只特别大的

马和男孩

渡鸦。

其余的都是人类；成年人，但年纪很轻，他们所有的人，无论男人女人，都比大多数卡乐门人面容俊秀、声音好听。不一会儿，沙斯塔就发现自己对他们的谈话产生了兴趣。"我说，女士。"国王对苏珊女王（那位吻过沙斯塔的女士）说道，"你是怎么想的？我们在这个城市已经待了整整三个星期。你到底有没有拿定主意，是否要嫁给那个黑脸蛋的追求者，那位拉巴达什王子呢？"

女士摇了摇头。"不，弟弟，"她说，"即使把塔什班城所有的珠宝都拿给我，我也不嫁。"（"嘿！"沙斯塔想，"虽然他们是国王和王后[①]，但他们是姐弟，不是夫妻。"）

"说实在的，姐姐，"国王说，"如果你接受了他，我就不怎么爱你了。我告诉你吧，当蒂斯罗克的使臣最初到纳尼亚来商量这桩婚事的时候，以及后来王子在凯尔帕拉维尔做客的时候，我看到你竟然从心里对他那么青睐，感觉真是一个奇迹呢。"

---

① 在英语里，"王后"和"女王"是同一个词"Queen"，所以沙斯塔有此误会。

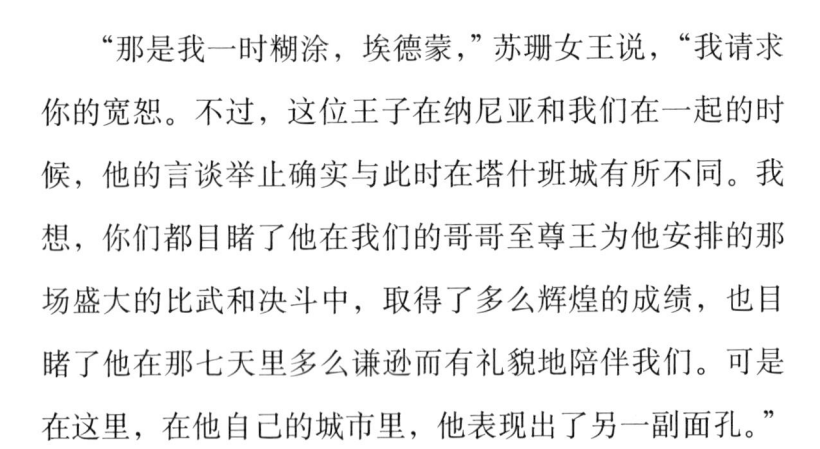

"那是我一时糊涂，埃德蒙，"苏珊女王说，"我请求你的宽恕。不过，这位王子在纳尼亚和我们在一起的时候，他的言谈举止确实与此时在塔什班城有所不同。我想，你们都目睹了他在我们的哥哥至尊王为他安排的那场盛大的比武和决斗中，取得了多么辉煌的成绩，也目睹了他在那七天里多么谦逊而有礼貌地陪伴我们。可是在这里，在他自己的城市里，他表现出了另一副面孔。"

"啊！"渡鸦呱呱地说，"俗话说得好：要判断熊的状况，得先看看它在自己窝里的样子。"

"说得有道理，萨罗帕。"一个矮人说，"还有一句俗话：来，跟我一起住，你才会了解我。"

"是的。"国王说，"现在我们看清了他的真面目：一个最骄傲、最血腥、最奢侈、最残忍、最沾沾自喜的懒骨头。"

"那么，以阿斯兰的名义，"苏珊说，"我们今天就离开塔什班城吧。"

"麻烦就在这里，姐姐。"埃德蒙说，"现在，我必须把这两天多我脑海里盘算的一切都告诉你。佩里丹，劳

驾你到门口看着点儿,别让人来监视我们。好吗? 好了。我们现在必须秘密行事。"

每个人的表情都变得严肃起来。苏珊女王跳起来,向她的弟弟跑去。"哦,埃德蒙。"她喊道,"怎么回事?你脸上有一种可怕的神情。"

第5章 科林王子

"我亲爱的姐姐,心地善良的女士,"埃德蒙国王说,"你现在必须展示你的勇气。我坦率地告诉你,我们面临着很大的危险。"

"怎么回事,埃德蒙?"女王问。

"是这样的。"埃德蒙说,"我认为,要离开塔什班城并不容易。王子希望你能接受他的时候,我们是贵宾。但是,以狮王的鬃毛起誓,一旦他遭到你的断然拒绝,我认为,我们的处境将比俘虏好不了多少。"

一个矮人低声吹了下口哨。

"我警告过各位陛下,我警告过你们。"渡鸦萨罗帕说,"进来容易,出去可就难了,就像龙虾在捕虾篓里那样!"

马和男孩

"我今天早上跟王子在一起。"埃德蒙继续说道,"他不太习惯(非常遗憾)别人违背他的意愿。你长时间的拖延和模棱两可的回答,让他非常生气。今天早上,他逼得很紧,想知道你的想法。我没有理会——同时也想降低他的期望——我轻松地说了一些女人喜欢幻想的老掉牙的笑话,暗示他的求婚可能不会成功。他勃然大怒,一副气势汹汹的样子。他说的每句话都含着某种威胁,尽管表面上仍然彬彬有礼。"

"是的。"塔姆努斯说,"昨晚我和宰相共进晚餐时,情况也是这样。他问我对塔什班城的看法。我对他说(因为我不能告诉他我恨这座城里的每块石头,同时我也不愿说谎),现在盛夏来临,我的心向往纳尼亚凉爽的树林和露珠闪烁的山坡。他不怀好意地笑了笑,说道:'小羊脚怪,没有什么能阻止你再回到那儿跳舞;只要你给我们的王子留下一个新娘作为交换。'"

"你是说,他会强迫我做他的妻子?"苏珊惊叫道。

"这正是我担心的,苏珊,"埃德蒙说,"做妻子,或者更糟糕,做奴隶。"

"但是他怎么可以？难道蒂斯罗克以为我们的哥哥至尊王会容忍这样的胡作非为？"

"陛下。"佩里丹对国王说，"他们不敢那么丧心病狂。难道他们以为纳尼亚没有宝剑和长矛吗？"

"唉。"埃德蒙说，"我想，蒂斯罗克对纳尼亚并没有什么畏惧之心。我们是一个小国。大帝国边界外的小国总是让大帝国的领主感到很讨厌。他渴望消灭它们，吞噬它们。姐姐，当他第一次让王子作为你的追求者来到凯尔帕拉维尔时，可能只是想找个机会跟我们作对。他可能希望一口把纳尼亚和阿钦兰两个国家全吃掉。"

"让他试试。"第二个矮人说，"在海上，我们和他一样强大。如果他从陆地进攻我们，就得穿过茫茫沙漠。"

"没错，朋友。"埃德蒙说，"但沙漠是可靠的防御吗？萨罗帕，你怎么说？"

"我对那片沙漠很熟悉。"渡鸦说，"我年轻的时候，曾在沙漠上的高空自由飞翔。"（你知道，沙斯塔听到这里肯定竖起了耳朵。）"这点是肯定的；如果蒂斯罗克从大绿洲走，他绝不可能带领一支军队，浩浩荡荡地穿过

绿洲，进入阿钦兰。他们虽然可以在第一天行军结束时到达绿洲，但那里的泉水太少了，不足以让所有的士兵和牲口解渴。不过还有另一条路。"

沙斯塔听得更专心了。

"要想找到这条路，"渡鸦说，"必须从古代国王的陵墓出发，骑马往西北方向去，这样，皮尔山的双子峰就一直在你的正前方。骑马走上一天或一天多点的时间，就会来到一个石头山谷的顶端，这里十分狭窄，你可能一千次来到它的近旁都不知道它的存在。俯瞰下面的这个山谷，你看不到草地，看不到水，看不到任何美好的东西。但如果继续往下骑，就会来到一条河边，然后可以顺着那条河，一直骑到阿钦兰。"

"卡乐门人知道这条往西的路吗？"女王问。

"朋友们，朋友们，"埃德蒙说，"讨论这些有什么用呢？我们并不是在问，如果纳尼亚和卡乐门之间发生战争，谁会获胜。我们要问的是，怎样挽回女王的荣誉，以及保全我们自己的性命，离开这座恶魔般的城市。因为即使我的哥哥至尊王彼得能打败蒂斯罗克十多次，但

71

是早在那一天之前,我们的喉咙就会被割断,女王陛下就会成为这位王子的妻子,或更有可能,成为他的奴隶。"

"我们有武器呀,国王。"第一个矮人说,"这栋房子也很适合防御。"

"说到这一点,"埃德蒙国王说,"我毫不怀疑,我们每个人都愿意在城门口拼死战斗,他们要想抢女王,除非从我们的尸体上跨过。可是,说到底,我们只不过是在陷阱里挣扎的老鼠。"

"非常正确。"渡鸦呱呱地说,"能在房子里坚持到底的人确实可歌可泣,但最后没有任何结果。最初几次进攻被击退后,敌人总是会放火把房子烧掉。"

"这一切都是由我引起的。"苏珊说着,哭了起来,"哦,如果我没有离开凯尔帕拉维尔就好了。卡乐门的那些使臣到来之后,我们快乐的日子就结束了。当时鼹鼠一家正在为我们种一片果园呢……哦……哦。"她用手捂着脸,泣不成声。

"勇敢点,苏,勇敢点。"埃德蒙说,"记住——咦,你这是怎么啦,塔姆努斯大师?"只见半羊人双手抓着

自己的两个犄角,好像要靠犄角来稳住脑袋,还把身体扭来扭去,似乎肚子痛得要命。

"别跟我说话,别跟我说话。"塔姆努斯说,"我在思考。我在拼命思考,连气都喘不上来了。且慢,且慢,请等一等。"

在一阵令人迷惑不解的沉默之后,半羊人抬起头来,深深地吸了一口气,擦了擦额头,说道:

"我们唯一的困难,是要在不被人看见和阻止的情况下,回到我们的船上去——还要带上一些物资。"

"是啊。"一个矮人冷冷地说,"就像乞丐要骑马,唯一的困难是他没有马。"

"等等,等等。"塔姆努斯先生不耐烦地说,"我们只需要找个借口,今天就到船上去,把东西带上船。"

"是的。"埃德蒙国王将信将疑地说。

"好吧,那么,"半羊人说,"如果两位陛下邀请王子明天晚上光临我们的大帆船'晶莹剔透'号,出席一场盛大的宴会,你们觉得怎么样?而且,让女王把这封信写得合乎情理,不必顾忌名誉,这样就能给王子希望:

女王的态度在转好。"

"这是个很好的建议，陛下。"渡鸦呱呱地说。

"然后，"塔姆努斯兴奋地继续说道，"大家就知道，我们整天都会在船上，为客人们做准备了。让我们中的一些人到集市上去，在水果店、糖果店和葡萄酒铺里花掉我们的每一分钱，就像真的要操办一场盛宴一样。我们还要把魔术师、杂耍艺人、舞女和吹笛子的人都请来，明天晚上在船上表演。"

"我明白了，我明白了。"埃德蒙国王搓着手说。

"然后，"塔姆努斯说，"我们大家今晚就上船。等天一黑——"

"扬起帆，划起桨——！"国王说。

"奔向大海。"塔姆努斯喊道，开始起舞。

"船头朝北。"第一个矮人说。

"奔向家乡！向纳尼亚和北方进发！"另一个矮人说。

"第二天早上，王子一觉醒来，发现他的鸟儿都飞走了！"佩里丹拍着手说。

"哦，塔姆努斯大师，亲爱的塔姆努斯大师。"女王

说着，抓住他的双手，跟着他一起摇摆起舞，"你把我们大家都给救了。"

"王子会来追我们的。"旁边的一位爵爷说，沙斯塔还没有听到他叫什么名字。

"这是我最不担心的。"埃德蒙说，"我看过河上所有的船只，没有高大的战舰，也没有速度很快的大帆船。我倒希望他来追我们呢！因为'晶莹剔透'号能击沉他派来追我们的任何船只——如果我们被追上的话。"

"陛下。"渡鸦说，"即使我们坐着讨论七天七夜，你也不会听到比农牧神的计划更好的方案了。好了，就像我们的鸟儿说的，先搭窝再下蛋。也就是说，让我们都去吃点东西，然后马上开始办正事吧。"

听到这话，大家都站了起来，门打开后，王公贵族和其他动物站在一边，让国王和女王先离开。沙斯塔不知道该怎么办，但塔姆努斯先生说："殿下，你躺着吧，过会儿我给你端一份美餐过来。在我们大家准备好上船之前，你没必要动弹。"

沙斯塔又把头靠在枕头上，很快，房间里就只剩下他一个人了。

"这真是太可怕了。"沙斯塔想道。他从来没想过要把实情全都告诉纳尼亚人,并请求他们的帮助。他是由阿西什那样一个吝啬、苛刻的人带大的,从小养成了一个固定的习惯:但凡有点办法,就什么事都不告诉大人。他认为,不管你想做什么,大人总是会破坏或阻挠。他想,纳尼亚国王即使对两匹马很友好——因为他们是纳尼亚的会说话的动物,也会讨厌阿拉维斯的,因为阿拉维斯是卡乐门人。他要么把她卖作奴隶,要么把她送回她父亲那里去。至于他自己,"我现在绝不能告诉他们,我不是科林王子。"沙斯塔想道,"我听到了他们的全部计划。如果他们知道我不是他们的人,肯定不会让我活着离开这座房子的。他们会担心我到蒂斯罗克那里去告发他们。他们会杀了我。如果那个真的科林出现,真相大白,他们也会杀死我的!"你看,他根本不知道秉性高贵和生而自由的人是怎么做事的。

"我该怎么办?我该怎么办呢?"他不停地对自己说,"我该——哟,那个山羊模样的小动物又来了。"

马和男孩

半羊人跳着舞步,小跑着进来,双手捧着一个几乎和他自己一样大的托盘。他把托盘放在沙斯塔沙发旁边一张嵌花的桌子上,然后交叉着山羊腿,坐在了铺着地毯的地板上。

"好了,小主子。"他说,"美美地吃一顿吧。这是你在塔什班城的最后一顿饭了。"

这是一顿卡乐门风味的美餐。我不知道你是不是喜欢,但沙斯塔很喜欢。有龙虾,有沙拉,有肚子里塞了杏仁和松露的鹬鸟,有鸡肝、米饭、葡萄干和坚果做成的复杂菜式,还有凉瓜、醋栗果泥和桑葚果泥,以及各种可以用冰块做的好东西。还有一小瓶叫"白酒"的葡萄酒,其实是黄色的。

沙斯塔大快朵颐的时候,善良的半羊人以为他还因为中暑而昏昏沉沉,就不停地跟他说,等大家都回到家里后,他就会过上开心的日子;还跟他说起他那善良的老父亲,阿钦兰的国王伦恩,以及他在山口南坡上的那座小城堡。"而且别忘了,"塔姆努斯先生说,"我们答应过,明年你过生日的时候,会得到第一套盔甲和第一匹战马。然后，殿下就要开始学习比武和格斗了。彼得国王已经向你的父王承诺，再过几年，如果一切顺利的话，他会亲自封你为凯尔帕拉维尔的骑士。在这段时间里，纳尼亚和阿钦兰之间会有大量的交流，人们穿过山脉，往来频繁。当然，你别忘了，你答应过，要来陪我住上整整一个星期，和我一起过盛夏节，到时候会有篝火，农牧神和树精会在树林深处通宵跳舞，谁知道呢？——说不定还能看到阿斯兰本尊呢！"

吃完饭后，半羊人叫沙斯塔安静地躺着。"睡一会儿，不会对你有什么坏处。"他补充说，"过很长时间之后，我再来叫你上船。然后，回家。奔向纳尼亚和北方！"

沙斯塔非常喜欢他的晚餐，喜欢塔姆努斯告诉他的一切，因此，当他一个人留在房间里的时候，他的思想发生了变化。现在他只希望真正的科林王子不要过早出现，让他可以坐船离开这里，到纳尼亚去。他恐怕压根儿也没有想过，真正的科林被留在塔什班城会有什么样的遭遇。他有点担心阿拉维斯和布里会在陵墓等他。但接着，他又对自己说："唉，我有什么办法呢？"还说，

马和男孩

"反正那个阿拉维斯自认为特别优秀,不屑于跟我同行,就让她开开心心地一个人走好了。"同时,他还忍不住觉得,坐船去纳尼亚,比辛苦地穿越大沙漠美妙多了。

当他盘算着这些念头时,他做了一件事,我想,如果你起得很早,走了很长的路,非常兴奋,然后美美地吃了一顿饭,躺在凉爽的房间的沙发上,四下里静悄悄的,只有蜜蜂从敞开的窗户嗡嗡地飞进来,你也会做这件事的——他睡着了。

是一声巨响把他惊醒了。他从沙发上跳起来,瞪大了眼睛。他立刻就从房间的样子——光与影看上去都不同了——看出自己一定睡了好几个小时。他还看到了刚才的声音是怎么回事:一个昂贵的瓷花瓶本来是放在窗台上,现在却躺在地板上,碎成了三十多片。但他几乎没有注意到这些琐事。他发现,有两只手从外面抓着窗台。它们抓得越来越紧(指关节都发白了),然后一个脑袋和两个肩膀露了出来。片刻之后,一个和沙斯塔年龄相仿的男孩跨坐在窗台上,一条腿耷拉在房间里。

沙斯塔从没有在镜子里看见过自己的脸。即使看见过，他可能也意识不到眼前这男孩（在平时）几乎和自己长得一模一样。此时此刻，这个男孩并不特别像任何人，他的一只眼睛成了最绚丽的乌眼青，牙齿缺了一颗，身上的衣服（刚穿上时一定很漂亮）破破烂烂、脏兮兮的，脸上又是血迹又是污泥。

"你是谁？"男孩低声说。

"你是科林王子吗？"沙斯塔说。

"是啊，那还用说。"对方说，"但你是谁呢？"

"我是个小人物,我的意思是,我不是什么特别的人。"沙斯塔说,"埃德蒙国王在街上看到我,把我当成了你。我猜我们俩长得很像吧。我能从你进来的地方出去吗?"

"可以,只要你是个攀爬高手。"科林说,"但你干吗这么着急呢?听我说,他们把我们俩认错了,我们应该从这件事上找点乐子。"

"不行,不行。"沙斯塔说,"我们必须马上换过来。如果塔姆努斯先生回来,发现我们俩都在这里,那就太可怕了。我是不得已才假装成你的。你今晚就要出发了——秘密出发。这段时间你在哪儿?"

"街上有个男孩拿苏珊女王开了个下流的玩笑,"科林王子说,"我就把他打倒在地。他号啕大哭着跑进一所房子,然后他哥哥出来了。于是我把他哥哥也打倒了。他们都跟着我,后来碰到三个拿着长矛的老头儿,他们的名字叫哨兵。我就跟那些哨兵干了一架,他们把我打倒在地。那会儿天快黑了。哨兵把我带走,把我关在一个什么地方。我就问他们要不要喝点酒,他们说喝一点也可以。然后,我就带他们去了一家酒店,给他们买了些酒，他们都坐下来喝，喝着喝着就睡着了。我想着我该离开了，就悄悄地走了出来，然后我发现了第一个男孩——就是那个挑起所有麻烦的男孩——还在附近转悠。我就又把他打倒了。之后，我顺着一根管子爬到一座房子的房顶上，静静地躺着，一直躺到今天早晨天亮。从那以后，我一直在寻找回家的路。对了，有什么喝的吗？"

"没有，我喝光了。"沙斯塔说，"你快点告诉我你是怎么进来的。一分钟也不能浪费了。你最好躺在沙发上，假装——哦，我忘了。这根本没用，因为你身上青一块紫一块的，还有个乌眼青。等我安全离开后，你就把真相告诉他们吧。"

"你以为我还能告诉他们什么呢？"王子问，表情十分恼怒，"你到底是谁？"

"没有时间了。"沙斯塔焦急地低声说，"我相信我是个纳尼亚人。至少是个北方人。但我是在卡乐门长大的。我正在逃跑：在沙漠里穿行；跟一匹会说话的马在一起，他叫布里。好了，快点吧！怎么才能逃走呢？"

"看。"科林说,"从这扇窗户跳到游廊的顶上,但你必须跳得很轻,踮着脚,不然会被人听见的。然后往左走,如果你很会攀爬的话,就可以一直爬到那面墙的墙顶。你顺着墙头走到墙角,会发现外面有一堆垃圾,跳下去,你就出去了。"

"谢谢。"沙斯塔说着,已经坐在窗台上了。两个男孩互相看着对方的脸,突然发现他们成了朋友。

"再见,"科林说,"祝你好运。我真希望你能安全离开。"

"再见,"沙斯塔说,"我说,你经历的事情真刺激啊。"

"跟你相比不算什么。"王子说,"现在跳下去;记住,轻轻地跳。"沙斯塔往下跳的时候,他又加了一句,"希望我们能在阿钦兰见面。你去见我的父亲伦恩国王,对他说你是我的朋友。当心! 我听见有人来了。"

第6章　沙斯塔在陵墓

沙斯塔踮着脚，沿着屋顶，轻快地往前跑。他光着脚板，感觉很热。几秒钟后，他就爬上了另一端的墙头，跑到墙角，发现下面是一条狭窄的、臭气熏天的街道，墙外有一大堆垃圾，跟科林告诉他的一样。跳下去之前，他迅速扫了一眼四周，确定自己的位置。显然，他已经来到了塔什班城所在的那座小岛的山顶上。他面前所有的东西都往下倾斜，一层层鳞次栉比的平屋顶，向下一直延伸到北城墙的塔楼和城垛那儿。再往外是一条河，河的那边是一小段满是花园的山坡。然而，在那之外，又有一样他从未见过的东西——一大片黄灰色，像平静的海面一样平坦，绵延好几英里。在它遥远的彼岸，是许多蓝色的庞然大物,凹凸不平,边缘参差不齐,有一些顶部是白色的。"沙漠!群山!"沙斯塔想。

他跳到垃圾堆上,以最快的速度,顺着那条窄巷往山下跑,很快就到了一条比较宽的街道上,那里的人也多了起来。谁也没工夫打量一个光着脚奔跑的衣衫褴褛的小男孩。但沙斯塔还是感到惶恐不安,直到最后拐了个弯,看到了面前的城门。他在这里受到一些挤压和推搡,因为还有许多人也要出去。城门外的桥上,人群变成了缓慢的队伍,更像是一大堆人在排队。桥的两边都是清澈的流水,在经历过塔什班城的气味、炎热和喧闹之后,他感觉心旷神怡。

沙斯塔走到桥的尽头,发现人群正在消失;大家似乎都沿着河岸向左走或向右走去了。他径直走上前面的一条路,这条路位于花园之间,好像很少有人走。走出几步之后,路上就只剩他一个人了,再走几步,他来到了山坡顶上。他站在那里凝视着。这就像来到了世界的尽头,因为在他面前几英尺的地方,草地突然全部消失,沙漠开始出现:一望无际的平坦沙地,就像海边的沙滩一样，但因为没有被海水浸湿，显得有些粗糙。那些群山看上去比先前更遥远了，隐隐绰绰地耸立在前方。令他大为宽慰的是，他看到，在左边大约五分钟路程的地方，毫无疑问，正是布里描述的那片陵墓；大块大块腐烂发霉的石头，形状像巨大的蜂房，只是狭窄一点。它们看上去黑黢黢的，十分阴森，因为太阳正在它们后面落山。

他把脸转向西方，向陵墓小跑过去。他忍不住急切地四处张望，寻找朋友们的踪迹，尽管夕阳照在他脸上，他几乎什么也看不见。"反正，"他想，"他们肯定会在陵墓最远的那一边，而不是在这一边，不然，随便什么人都能从城里看到他们了。"

陵墓大约有十二座,每一座都有低矮的拱门,通向里面的一片漆黑。它们东一座西一座,散布得杂乱无章,所以要花很长时间绕过这一座,再绕过那一座,才能保证把每座陵墓的每一面都看到。这是沙斯塔不得不做的事。四下里一个人也没有。

这里是沙漠的边缘,非常安静。现在,太阳真的落山了。

突然,从身后的什么地方传来一个可怕的声音。沙斯塔的心顿时跳到了嗓子眼儿,他不得不咬着舌头,不让自己叫出声来。接着,他明白了那是什么:是塔什班城门关闭的号角声。"别做个愚蠢的胆小鬼啦。"沙斯塔对自己说,"咳,这声音不是跟你今天早上听到的一样嘛。"但是,早晨让你和你的朋友们进城的声音,跟傍晚把你独自关在城外的声音,是有着天壤之别的。现在城门已经关闭,他知道,其他人那天晚上不可能跟他会合了。"他们要么被关在塔什班城里过夜,"沙斯塔想,"要么就是撇下我,自己走了。这正是阿拉维斯会做出来的事。但布里不会。哦,他不会。——话说,他会吗?"

沙斯塔对阿拉维斯的判断又一次大错特错了。阿拉维斯很骄傲，也足够坚强，但她像钢铁一样忠诚可靠，绝不会抛弃同伴，这跟她喜不喜欢对方没有关系。

现在，沙斯塔知道他不得不独自过夜了（天色越来越黑），他渐渐地越来越不喜欢这个地方的样子。那些巨大的石头寂静无声，形状让人感到很不舒服。他拼命忍了很长时间，不让自己去想食尸鬼，但现在，他再也忍不住了。

"哎哟！哎哟！救命！"他突然喊道，因为就在这时，他感到有什么东西碰到了他的腿。我想，如果有什么东西从后面过来碰你一下，你肯定也会大喊大叫的，这不应该受到责备；而且，在这样的地方，这样的时间，他已经很害怕了。沙斯塔早已吓得跑不动了。被身后一个东西追着，绕着古代国王的陵墓打转转，却不敢回头看一眼，还有什么比这更可怕呢。不过，他倒是做了一件他能做的最明智的事情。他扭头看了看；几乎顿时就松了口气。原来是一只猫。

此刻光线太暗了，沙斯塔看不清那只猫，只隐约看

见它很大，表情非常严肃。看它的样子，似乎独自在陵墓里生活了很长很长时间。它的眼睛让你觉得它知道一些它不会泄露的秘密。

"猫咪，猫咪。"沙斯塔说，"我想，你不是一只会说话的猫吧？"

猫更加专注地盯着他。然后，它开始走开，沙斯塔当然就跟着它走了。猫领他穿过陵墓，走到陵墓靠近沙漠的那一边。猫坐下来，身子挺得笔直，尾巴盘在脚上，脸朝着沙漠、纳尼亚和北方，一动不动，好像在等待某个敌人。沙斯塔在它旁边躺了下来，背靠着猫，脸朝着陵墓。一个人如果神经紧张，没有什么比面朝危险，背靠一个温暖而坚实的东西更令人安心的了。睡在沙子上可能感觉不太舒服，但沙斯塔已经席地而眠好几个星期了，几乎注意不到这点不适。他很快就睡着了，但梦里还在疑惑，布里、阿拉维斯和赫温到底遇到了什么事。

他突然被一个从未听到过的声音惊醒了。"也许只是在做噩梦吧。"沙斯塔自言自语地说。就在这时，他注意到那只猫已经从他背后离开了，他多么希望它没有离开啊。他一动不动地躺着,连眼睛都没有睁开,因为他相信,如果坐起来,环顾陵墓和这份孤寂,会感到更害怕的,就像我们用衣服蒙住脑袋,一动不动躺着时一样。然而,就在这时,那声音又传来了——一声刺耳的尖叫,从他身后的沙漠里传来。当然,他不得不睁开眼睛,坐了起来。

月光皎洁地照着。陵墓——比他想象的要大得多、近得多——在月光下显得灰蒙蒙的。事实上,它们看起来像可怕的巨人,披着灰色的长袍,把头和脸遮得严严实实。当你独自在一个陌生的地方过夜时,有它们在身边是很闹心的。但声音来自对面,来自沙漠。沙斯塔只好转过身,背对陵墓(他不太喜欢这样),向远处平坦的沙漠眺望。那狂野的叫声又响了起来。

"我希望不是狮子。"沙斯塔想。事实上,这声音不太像他们遇见赫温和阿拉维斯的那天晚上听到的狮吼,实际上是一只狼的叫声。当然,沙斯塔不知道这一点。他就算知道,也不想见到一只狼。

叫声响了一遍又一遍。"不管是什么,肯定不止一只。"沙斯塔想，"而且越来越近了。"

我想，如果他是个特别理智的孩子，就会穿过陵墓，回到靠近河边的地方，那里有房屋，野兽不太可能过去。可是话说回来，那里有（至少他认为有）食尸鬼呀。穿过陵墓回去，意味着要经过那些黑洞洞的墓穴；那里面会钻出来什么东西呢？沙斯塔的想法也许很傻，但他觉得还不如冒险跟野兽搏斗呢。但是，随着叫声越来越近，他开始改变主意了。

他刚要拔腿逃跑，突然，在他和沙漠之间跳出一头巨大的动物。因为背对着月亮，它看起来黑黢黢的，沙斯塔不知道是什么东西，只看到它长着一个毛蓬蓬的大脑袋，用四条腿走路。它似乎没有注意到沙斯塔。只见它突然停下来，把脑袋转向沙漠，发出一声怒吼，声音在陵墓里回响，似乎震得沙斯塔脚下的沙子都在颤抖。其他动物的叫声戛然而止，沙斯塔仿佛听到了一些仓皇逃跑的脚步声。然后，那头巨兽转过身来，审视沙斯塔。

"这是一头狮子，我知道这是一头狮子。"沙斯塔想道，"我完蛋了。不知道会不会很痛。真希望一切已经结束了。不知道人死了以后会怎么样。哦——哦！它过来了！"他闭上眼睛，咬紧牙关。

可是，他没有感觉到牙齿和利爪，只感觉有一个热乎乎的东西躺倒在他脚下。他睁开眼睛，说道："咦，它根本没有我想的那么大！只有一半大小。不，甚至还不到四分之一。我敢说，它只是那只猫！我一定是梦见了它有一匹马那么大。"

不管他是不是真的在做梦，现在躺在他脚边，用那双绿莹莹的大眼睛一眨不眨地盯着他的，正是那只猫；不过它肯定是他见过的最大的猫了。

"哦，猫咪。"沙斯塔喘着粗气说，"很高兴再次见到你。我一直在做可怕的噩梦。"他立刻又躺了下来，背对着猫，就像刚入夜时那样。猫的体温使他全身感到暖融融的。

"只要我活着，就再也不会欺负猫了。"沙斯塔一半对猫说，一半自言自语，"我以前有一次欺负过猫。我用石头砸一只饿得半死、满身脏兮兮的老流浪猫。喂！住手。"因为那只猫转过身来，挠了他一下。"不许这样。"

马和男孩

沙斯塔说,"其实,你也听不懂我在说什么。"然后,他就睡着了。

第二天早上,他醒来时,猫不见了,太阳已经升起,沙子很热。沙斯塔口渴极了,坐起来揉了揉眼睛。沙漠白得耀眼,身后的城市传来一阵阵嘈杂声,他坐的地方却是一片寂静。他稍稍向左和向西看去,让太阳不再直射他的眼睛,他看到了沙漠远处的群山,它们是那么的清晰和轮廓鲜明,似乎就在一箭之遥的地方。他特别注意到一片蓝色的高地,顶上分成两座山峰,他断定那是皮尔山。"从渡鸦说的话来看,那就是我们要去的方向,"他想,"我要把这件事搞清楚,免得其他人出现后再耽误时间。"于是,他用脚画出一道笔直的深沟,正好指向皮尔山。

显然,接下来的工作就是弄点吃的和喝的。沙斯塔小跑着穿过陵墓——它们现在看上去非常普通,真不明白自己怎么会害怕它们——来到河边的农耕地里。周围有几个人,但不是很多,因为城门已经打开了几个小时,一大早进城的人群已经进去了。因此,他毫不费力地搞了一次小小的"突袭"（这是布里的话）。他翻过一座花园的围墙，收获了三个橙子、一个甜瓜、一两个无花果和一个石榴。他走到下面的河边，但离桥不是太近，喝了一些河水。水很好，他脱下热乎乎、脏兮兮的衣服，泡了个澡；因为沙斯塔一辈子都住在海边，几乎一学会走路就学会了游泳。从水里出来后，他躺在草地上，望着河对岸的塔什班城——望着塔什班城的所有辉煌、力量和荣耀。但这也让他想起了城里的危险。他突然意识到，其他人可能在他洗澡的时候到达了陵墓（"没准儿撇下我离开了"），于是他惊惶地穿上衣服，飞快地往回跑，跑到陵墓时，他又热又渴，洗澡带来的好处全没有了。

这一天就像你独自等待什么事情的大多数日子一样，漫长得好像有一百个小时。当然，他有很多事情要想，但一个人坐着，只是想事，时间是过得很慢的。他想了许多纳尼亚人的事，特别是科林。他猜想着，当他们发现那个躺在沙发上、听到了他们所有秘密计划的男孩根本就不是科林时，会发生什么事情。一想到那些好心人会把他当成奸细，他就感到心里很不舒服。

马和男孩

可是眼看着太阳慢慢地、慢慢地爬上天空，又慢慢地、慢慢地向西坠落，却一个人也没有来，什么事也没有发生，他不由得感到越来越焦虑了。当然啦，直到现在，他才反应过来，当他们约定在陵墓里不见不散时，谁也没有说过要等多久。他不能在这里等一辈子呀！很快天又要黑了，他又要像昨夜一样，度过一个夜晚。他脑海里闪过十几个不同的计划，都是些很糟糕的计划，最后，他选定了一个最糟糕的计划。他决定等到天黑，悄悄回到河边，尽可能多偷些甜瓜，然后独自前往皮尔山，他相信，自己会朝着早上在沙地上画的那个深沟指示的方向走。这是一个荒唐的想法，如果他像你一样读过那么多关于沙漠旅行的书，肯定做梦也不会这么想。但沙斯塔根本没有读过书。

太阳落山前，确实发生了一件事。当时沙斯塔正坐在一座陵墓的阴影里，他抬头一看，看见两匹马向他走来。他的心狂跳起来，因为他认出他们正是布里和赫温。可是紧接着他的心又沉到了脚底。没有阿拉维斯的影子。牵马的是一个陌生男人，带着武器，打扮得非常漂亮，像是大家族的上层奴隶。布里和赫温的样子不再像是驮货的马，而是套上了马鞍和缰绳。这一切意味着什么呢？"这是个陷阱。"沙斯塔想，"有人抓住了阿拉维斯，也许他们严刑拷打了她，她就把整个计划都泄露了。他们希望我自己跳出来，跑上前去跟布里说话，然后我就也被抓住了！但如果我不跳出来，可能就失去了跟其他人见面的唯一机会。唉，我真希望知道发生了什么事啊。"他躲在陵墓后面，每隔几分钟就向外张望一下，不知道怎样做危险最小。

第7章　阿拉维斯在塔什班

实际发生的事情是这样的。当阿拉维斯看到沙斯塔被纳尼亚人匆匆带走，发现自己和两匹马——他们（非常明智地）一言不发——待在一起时，她一刻也没有失去理智。她抓住布里的缰绳，牵着两匹马一动不动地站着；她的心跳得像打鼓一样，但表面上不动声色。纳尼亚的国王们一走过去，她就想继续往前走。可是，她还没来得及迈出一步，就听见另一个传令官（"这些人真讨厌。"阿拉维斯想。）大声喊道："闪开，闪开，闪开！给泰吉娜拉萨拉林让路！"传令官后面紧跟着四个拿武器的奴隶，还有四个抬轿子的轿夫，轿子上挂着丝绸的帘子，银铃叮叮地响，整条街上都弥漫着香水味和鲜花的芬芳。轿子后面,是穿着漂亮衣服的女奴,然后是一些马夫、跑腿、侍从之类的人。这时,阿拉维斯犯下了第一个错误。

她对拉萨拉林非常了解——就好像她们在一起上过学似的——因为她们常在同一所房子里小住,参加同一个聚会。阿拉维斯忍不住抬起头,想看看拉萨拉林现在是什么样子,因为她已经结婚了,成了一个著名人物。

这就引来了灾难。两个女孩的目光相遇了。拉萨拉林立刻从轿子里坐起来,扯足了嗓门大吼大叫。

"阿拉维斯!你怎么会在这里?你父亲——"

说时迟那时快。阿拉维斯一秒钟也没有耽搁,立刻放开两匹马,一把抓住轿子的边缘,纵身一跃,来到拉萨拉林身边,愤怒地在她耳边低语。

"闭嘴!听见了吗?闭嘴。你必须把我藏起来。告诉你的人——"

"可是,亲爱的——"拉萨拉林说,声音还是那样响。(她一点也不介意别人的目光;事实上,她很喜欢被人盯着看。)

"照我说的做,不然我就再也不理你了。"阿拉维斯压低嗓音说,"求求你,求求你,快点吧,拉萨。这件事特别重要。叫你的人把那两匹马牵过来。把所有轿帘都拉严实,躲到一个不会有人找到我的地方。快点。"

"好吧,亲爱的。"拉萨拉林说,声音还是那样懒洋洋的,"来。你们两个牵着泰吉娜的马。"(这话是对奴隶说的。)"现在回家吧。我说,亲爱的,在这样的日子里,你以为我们真的想把帘子拉上吗? 我的意思是说——"

可是阿拉维斯已经拉上了帘子,把自己和拉萨拉林围在了香气浓郁,但十分憋闷的好似帐篷的轿子里。

"我不能让人看见。"她说,"我父亲不知道我在这里。我在逃跑。"

"亲爱的,这简直太刺激了!"拉萨拉林说,"我特别想听听这件事儿。亲爱的,你坐在我的裙子上了,劳驾你挪一挪。这下好多了。这是一条新裙子。你喜欢吗? 我是在——"

"哦,拉萨,认真点吧。"阿拉维斯说,"我父亲在哪儿?"

"你不知道吗?"拉萨拉林说,"他当然就在这里啊。

他昨天到城里来了，到处打听你的消息。想想吧，你和我在一起，而他却被蒙在鼓里！我从没听过这么好玩儿的事情。"她咯咯地笑了起来。阿拉维斯这时想起来了，她总是特别喜欢咯咯笑。

"这一点也不好笑。"她说，"事情非常严重。你能把我藏在哪儿？"

"一点也不难，我亲爱的姑娘。"拉萨拉林说，"我带你回家好了。我丈夫不在家，没人会看见你。嘿！拉上帘子就不太好玩儿了。我想看到外面的人。像这样藏头藏尾的，就算穿上新衣服也没有多大意思。"

"你冲我大喊大叫时，我希望没有人听见。"阿拉维斯说。

"没有，当然没有，亲爱的。"拉萨拉林心不在焉地说，"可你还没有告诉我，你觉得这条裙子怎么样呢。"

"还有一件事。"阿拉维斯说，"你必须告诉你的人，要特别优待那两匹马。这也是一个秘密。实际上，他们是来自纳尼亚的会说话的马。"

"妙极了！"拉萨拉林说，"多么令人兴奋啊！哦，

马和男孩

亲爱的,你见过那个来自纳尼亚的野蛮女王吗？她目前就住在塔什班城呢。他们说拉巴达什王子疯狂地爱上了她。这两个星期里,我们举办了最精彩的派对、狩猎等各种各样的活动。我自己看不出来她有多漂亮。但有些纳尼亚男人倒是蛮可爱的。前天,有人带我去参加了河上派对,我当时穿着我的——"

"我们怎么才能让你手下的人不告诉别人——你家里来了一个客人,打扮得就像一个叫花子的孩子？这件事很容易就会传到我父亲耳朵里。"

"哎呀,别一惊一乍的了,亲爱的。"拉萨拉林说,"我们马上就给你弄几件合适的衣服。我们到了！"

轿夫停下脚步,把轿子放了下来。帘子被拉开时,阿拉维斯发现自己在一个庭院里,很像几分钟前沙斯塔在城市的另一个地方被带进的那个庭院。拉萨拉林本想立刻进入室内,但阿拉维斯焦急地压低声音提醒她,要她告诉那些奴隶,不得把女主人这位陌生访客的事情透露给任何人。

"对不起,亲爱的,我把这事儿忘到了脑后。"拉萨拉林说,"听着,你们所有的人。还有你,看门人。今天谁也不许离开这所房子。如果我发现有人谈论这位年轻女士,不管是谁,首先被打个半死,再被活活烧个半死,然后连续六个星期不给面包吃不给水喝。就这样。"

虽然拉萨拉林说她特别想听阿拉维斯的故事,却根本没有表现出真的想听的迹象。事实上,她更善于自己说话,而不是听别人说。她坚持要阿拉维斯洗一个长时间的、奢侈的热水澡(卡乐门的沐浴是出了名的),给她穿上最漂亮的衣服,然后才让她把事情解释一下。她挑选衣服时那么小题大做,简直要把阿拉维斯逼疯了。阿拉维斯想起来了,拉萨拉林一直都是这样,对衣服、派对和闲话特别感兴趣。阿拉维斯一向对弓、箭、马、狗和游泳更感兴趣。你可能猜想她们都觉得对方很傻。后来,当她们吃完一顿饭(主要是鲜奶油、果冻、水果和冰块之类),坐在一个漂亮的、带柱子的房间里的时候(如果不是拉萨拉林那只被娇惯的宠物猴一直爬来爬去,阿拉维斯会更喜欢这个房间),拉萨拉林终于问她为什么从家里逃跑了。

马和男孩

阿拉维斯讲完她的故事后,拉萨拉林说:"可是,亲爱的,你为什么不嫁给泰坎阿霍什塔呢?每个人都被他迷得发狂呢。我丈夫说,他以后会成为卡乐门最了不起的男人之一。现在老阿克萨沙去世了,他刚被封为宰相。你不知道吗?"

"我不在乎。我一看到他就受不了。"阿拉维斯说。

"可是,亲爱的,你想想吧!三座宫殿哎,其中一座就是伊尔基恩湖边的那座漂亮宫殿,我听说那简直就是珍珠串成的。沐浴在驴奶中。而且你还会经常见到我。"

"我认为他可以留着他的珍珠和宫殿,这些东西跟我没关系。"阿拉维斯说。

"你一直是个古怪的女孩,阿拉维斯。"拉萨拉林说,"你还想要什么呢?"

不过,最后阿拉维斯总算让她的朋友相信自己是认真的,甚至让她定下心来讨论计划了。现在,把两匹马带出北门,前往陵墓不会有什么困难。一个衣着漂亮的马夫,牵着一匹战马和一位女士的坐骑往河边走,是不会被人拦住和盘问的,而拉萨拉林手下有大把的马夫可

103

以派遣。至于阿拉维斯自己该怎么办，就不是那么容易决定了。阿拉维斯建议用轿子把她抬出去，拉上帘子。可是拉萨拉林告诉她，轿子只在城里使用，看到轿子从城门抬出去，肯定会引起别人的疑问。

她们讨论了很长时间——阿拉维斯觉得很难让朋友不岔开话题，所以讨论的时间就更久了——最后，拉萨拉林拍着手说道："啊，我有个主意。还有一个出城的办法，不用穿过城门。蒂斯罗克（愿他长生不老）的花园一直延伸到河边，那儿有一道小小的防水闸门。当然啦，只给宫殿里的人使用——不过你要知道，亲爱的（她说到这里咻咻地笑了笑），我们差不多就是宫殿里的人了。所以，你找到我算你的运气。亲爱的蒂斯罗克（愿他长生不老）真是太善良了。我们几乎每天都被邀请到宫里，那里就像我们的第二个家。我爱所有亲爱的王子和公主，我对拉巴达什王子崇拜有加。不管白天还是晚上，我随时都可以跑进宫里，见到里面的随便哪位女士。我为什么不能在天黑以后带着你悄悄溜进去，再从水闸门把你放出去呢？闸门外总是拴着几条平底船什么的。就算我

们被抓住——"

"那就一切都完了。"阿拉维斯说。

"哦，亲爱的，不要这么激动。"拉萨拉林说，"我想说的是，就算我们被抓住，大家也只会说这是我搞的一个荒唐的恶作剧。我搞恶作剧是很出名的。就在前几天——你听听吧，亲爱的，简直好玩儿极了——"

"我的意思是，我的一切就完了。"阿拉维斯有点没好气地说。

"哦——啊——是的——我明白你的意思，亲爱的。那么，你能想出更好的计划吗？"

阿拉维斯想不出来，就回答道："我不能。我们只好冒险试一下了。什么时候可以开始？"

"哦，今晚不行。"拉萨拉林说，"今晚肯定不行。今晚有一场盛大的宴会（我必须几分钟后就开始做发型），整座宫殿里都灯火通明。还有好大一群人！只能明天晚上再说了。"

这对阿拉维斯来说是个坏消息，但她也只好随遇而安。下午的时间过得很慢，当拉萨拉林出去参加宴会时，

阿拉维斯总算松了口气,因为她早就厌烦了她的咯咯笑声,以及她关于服装、宴会、婚礼、订婚和丑闻的各种唠叨。她早早就上了床,这件事她倒是很享受:又能睡在有枕头和床单的地方,真是太舒服了。

可是,第二天过得很慢。拉萨拉林想要推翻整个计划,她不停地对阿拉维斯说,纳尼亚一年到头都是冰天雪地,住着许多的恶魔和巫师,一想到要去那里,她就简直要发疯。"而且带着一个乡巴佬男孩!"拉萨拉林说,"亲爱的,想想吧!这不好玩儿。"阿拉维斯对这个问题想了很多,但她对拉萨拉林的愚蠢已经厌烦透顶,她第

马和男孩

一次开始觉得,和沙斯塔一起旅行其实比塔什班城的时髦生活有趣多了。因此,她只是回答:"你忘了,等我们到了纳尼亚,我就和他一样,都是小人物了。反正,我已经答应了。"

"你想想吧,"拉萨拉林几乎是哭着说道,"你但凡有点头脑,就可以成为大宰相的妻子啊!"阿拉维斯走开了,去和两匹马说了几句悄悄话。

"你们必须在太阳落山前和马夫一起去陵墓。"她说,"再也不用驮那些包袱了。你们会再次套上马鞍和缰绳。不过,赫温的鞍袋里必须有食物,布里,你的鞍袋后面必须放满满一袋子水。那马夫得到吩咐,让你们俩到桥的那边好好地喝个够。"

"然后,奔向纳尼亚和北方!"布里低声说,"可是,如果沙斯塔不在陵墓呢?"

"当然要等他。"阿拉维斯说,"我想,你们过得很舒服吧?"

"我这辈子没住过这么好的马厩。"布里说,"但是,如果你的朋友,那个哧哧乱笑的泰吉娜的丈夫付钱给马夫长，让他去买最好的燕麦，那么我认为马夫长是把主人给糊弄了。"

阿拉维斯和拉萨拉林在那个带柱子的房间里吃晚饭。

大约两小时后，她们准备出发。阿拉维斯打扮得像豪宅里的上等女奴，脸上蒙着面纱。她们商定，如果有人提出疑问，拉萨拉林就假称阿拉维斯是一个奴隶，是要送给某位公主的礼物。

两个女孩步行出去了。没过几分钟，她们就来到王宫门口。不用说，这里有士兵站岗，但军官对拉萨拉林很熟悉，叫手下的士兵立正并敬礼。她们立刻走进了黑色大理石大厅。这里仍然有不少朝臣、奴隶和其他人在走动，但这只会让两个女孩不那么引人注目。她们继续走进石柱厅，又走进雕像厅，然后沿着廊柱走下去，经过正殿的气派的大铜门。眼前所见，都是难以形容的华丽壮观；而这一切还只是她们在昏暗的灯光下看到的。

不一会儿，她们就走进了庭院，里面有好几层露台，一层层地向山下延伸。她们从庭院的另一边来到旧宫殿。天色差不多完全黑了，她们发现自己在一片迷宫般的走

廊里，只有固定在墙上支架里的火把偶尔发出一点亮光。拉萨拉林在一个地方停了下来，这里必须做出选择，要么向左、要么向右。

"走吧，快走吧。"阿拉维斯低声说，她的心疯狂地跳动着，担心她父亲可能在任何一个拐角出现，撞见她们。

"我只是在想……"拉萨拉林说，"我不太确定，接下来该往哪儿走。我想应该是往左。没错，我几乎可以确定是往左。这真有趣啊！"

她们走了左边那条路，发现来到一条几乎没有亮光的通道里，并且很快就开始下台阶。

"好啦。"拉萨拉林说，"我敢肯定我们走对了。我记得这些台阶。"就在这时，前面出现了一道移动的亮光。一秒钟后，远处的一个角落里晃出两个男人黑乎乎的身影，他们拿着长蜡烛，倒退着往后走。当然，只有在王室成员面前，人们才会倒着走路。阿拉维斯感到拉萨拉林一把抓住了她的胳膊——那种猛地一抓，差不多像是掐了你一下，这意味着，抓你的那个人心里非常害怕。阿拉维斯觉得很奇怪，如果蒂斯罗克真的是拉萨拉林的朋友，她怎么会这么害怕他呢，可是她来不及细想了。拉萨拉林催着她，踮着脚，退回到台阶顶上，双手在墙上胡乱地摸索着。

"这里有一扇门。"她低声说，"快。"

她们走了进去，轻轻关上门，发现周围一片漆黑。从拉萨拉林的呼吸声中，阿拉维斯听出她非常害怕。

"塔什神保佑我们！"拉萨拉林低声说，"如果他进来了，我们该怎么办？我们能藏起来吗？"

她们脚下有一块柔软的地毯。她们摸索着进了房间，跟跟跄跄地走到一张沙发前。

"我们躺在沙发后面吧。"拉萨拉林呜咽着说，"哦，我真后悔，我们不该来。"

沙发和墙上的帷帘之间只有一点点地方，两个女孩趴了下来。拉萨拉林抢占了比较好的位置，全身都隐藏住了。阿拉维斯的上半张脸露在沙发外面，因此，如果有人拿着灯走进房间，碰巧朝这个地方看一眼，肯定就会看见她。当然啦，由于她蒙着面纱，他们不会一下子就看出眼前是一个额头和一双眼睛。阿拉维斯拼命地推挤，想让拉萨拉林再给她腾出点地方。可是拉萨拉林内心惶恐，表现得非常自私，她拼命反抗，还掐了阿拉维斯的脚。两人不再挣扎，一动不动地躺着，微微地喘气。她们的呼吸声似乎响得可怕，但周围没有别的声音。

"这里安全吗？"阿拉维斯最后问道，把声音压到最低。

"我——我——我想是安全的吧。"拉萨拉林说，"但我可怜的神经——"接着，传来了她们此刻能听到的最可怕的声音：开门的声音。然后是灯光。因为阿拉维斯不能再把头往沙发后面缩，就看到了一切。

首先进来的是那两个奴隶（就像阿拉维斯猜想的那样，又聋又哑，因此，在最机密的会议中会用到他们），他们拿着蜡烛，倒退着走。他们分别站在沙发的两头。这倒是一件好事，因为有一个奴隶站在阿拉维斯面前，别人自然就很难看到她了，而她可以从奴隶的两个脚之间望出去。接着走进来一个老人，很胖，戴着一顶古怪的尖帽子，她一眼就看出此人正是蒂斯罗克。他身上戴的珠宝，最不值钱的那件也比纳尼亚王族所有的衣服和武器加在一起还昂贵。但是他太胖了，身上堆砌着那么多的花边、褶裥、毛绒球、纽扣、流苏和护身符，阿拉维斯忍不住觉得，纳尼亚的时装（至少对男人来说）看起来更漂亮。他的身后跟着一个高高的年轻人，头上戴着饰有羽毛和珠宝的头巾，身边挎着一把象牙鞘的弯刀。他似乎很兴奋，眼睛和牙齿在烛光中炯炯闪烁。最后进来的是一个驼背、干瘪的小老头儿，阿拉维斯认出来了，他就是新任大宰相、她的未婚夫泰坎阿霍什塔本人，她不由得打了个哆嗦。

三个人一走进房间，门就关上了，蒂斯罗克坐在长沙发上，心满意足地叹了口气，年轻人在他面前站定，大宰相双膝跪地，用胳膊肘撑着，把脸贴在地毯上。

第8章　在蒂斯罗克的房子里

"哦——我的——父亲,哦——我眼睛——里的——喜悦。"那个年轻人叽里咕噜地说道,语气阴沉,似乎根本不觉得蒂斯罗克是他眼睛里的喜悦。"愿你永远活着,你却将我彻底毁灭了。日出时分,当我第一次看到该死的野蛮人的船只起程离开时,如果你给我一艘最快的战舰,我也许能追上他们。但你却劝我先派人去看看他们是不是绕过这里,去了一个更好的停泊点。现在一整天都被浪费了。他们走了——离开了——我够不到了!那个虚伪的女人,那个——"他加上一大堆对苏珊女王的描述,如果印在纸上,肯定非常难看。因为,不用说,这个年轻人就是拉巴达什王子,所谓"虚伪的女人"，当然就是纳尼亚的苏珊。

"冷静一点，哦，我的儿子。"蒂斯罗克说，"客人的离开会在明智的主人心中造成容易愈合的创伤。"

"可是我想得到她。"王子叫道，"我必须得到她。如果得不到她，我会死的——她是一只狗养的女儿，虚伪、骄傲、黑心肠！我夜不能寐，我食不甘味，我的眼睛因为她的美丽而发黑。我必须得到这个野蛮女王。"

"一位天才诗人说得好啊，"宰相从地毯上抬起脸（看上去有点灰扑扑的），说道，"为了熄灭青春爱情的火焰，需要从理性的泉水中汲取一些水流。"

这些话似乎把王子激怒了。"狗东西，"他喊道，对准宰相的屁股连踢了好几脚，"竟敢对我引用诗人的话。我整天都被灌输格言和诗句，再也无法忍受了。"恐怕阿拉维斯也并不同情宰相。

蒂斯罗克似乎陷入了沉思，过了很长时间，他注意到了正在发生的事情，便平静地说：

"我的儿子，千万不要再踢这位开明的、德高望重的宰相了，因为，一颗昂贵的宝石即使藏在粪堆里也能保

持它的价值,同样,即使在我们臣民中的那些坏人身上,高龄和审慎也应该受到尊重。因此,停止你的做法,把你的愿望和建议告诉我们吧。"

"哦,我的父亲,我要求并且建议,"拉巴达什说,"立即召集你那不可战胜的军队,入侵纳尼亚这片受过三次诅咒的土地,用火和剑把它毁灭,并将它纳入你广袤无垠的帝国,杀死他们的至尊王和他所有的血亲,只留下苏珊女王。我必须让她做我的妻子,不过,她必须先受到一顿严厉的教训。"

"你要明白,哦,我的儿子,"蒂斯罗克说,"不管你说什么,都不会促使我对纳尼亚发动战争。"

"哦,长生不老的蒂斯罗克啊,如果你不是我的父亲,"王子咬牙切齿地说,"我就会说这是一个懦夫的托词。"

"哦,最容易激怒的拉巴达什啊,如果你不是我的儿子,"他的父亲回答道,"如果你这么说的话,你的生命将很短暂,而你的死亡将很缓慢。"(他说这话时,声音冷漠而平静,听得阿拉维斯浑身发冷。)

"可是,啊,我的父亲,"王子说——这次他的语气

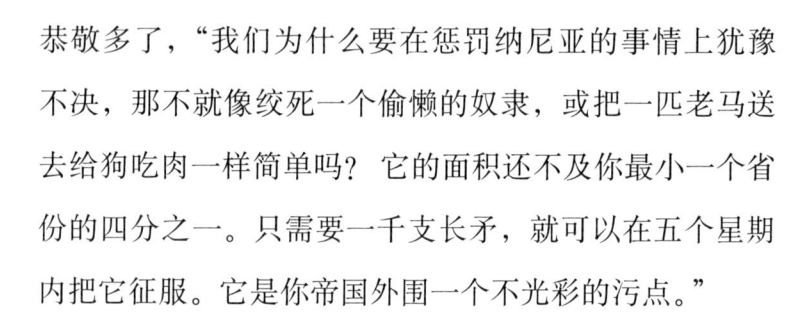

恭敬多了,"我们为什么要在惩罚纳尼亚的事情上犹豫不决,那不就像绞死一个偷懒的奴隶,或把一匹老马送去给狗吃肉一样简单吗?它的面积还不及你最小一个省份的四分之一。只需要一千支长矛,就可以在五个星期内把它征服。它是你帝国外围一个不光彩的污点。"

"毫无疑问。"蒂斯罗克说,"这些野蛮小国自称自由(其实等同于懒惰、混乱和无利可图),在诸神和所有明察秋毫的人眼里都是可恨的。"

"那么,纳尼亚这样一个国家这么长时间不被征服,我们为什么还要容忍呢?"

"开明的王子啊,你要知道,"大宰相说,"在你尊贵的父亲开始他贤明的、永恒的统治的那一年之前,纳尼亚的国土常年冰雪覆盖,由一个最强大的女巫统治。"

"这些我知道得很清楚,哦,多嘴的宰相。"王子回答道,"但我还知道,那个女巫已经死了,冰雪也消失了。纳尼亚现在生机勃勃,果实累累,令人心仪。"

"哦,最博学的王子啊,这种变化,无疑是由那些恶人的强大魔法造成的,他们现在自称是纳尼亚的国王

和女王。"

"我倒是认为,"拉巴达什说,"那是由恒星的变化和自然原因造成的。"

"所有这些,"蒂斯罗克说,"都是学者们争论的问题。我永远不会相信,如果没有强大魔法的帮助,会发生这么巨大的变化,会发生杀死老女巫这样的事情。在那片土地上,这样的事情并不令人意外,那里居住的主要是恶魔——它们外形是野兽,能像人一样说话,以及半人半兽的怪物。根据普遍的报道,纳尼亚的至尊王(愿众神彻底摒弃他)得到一个面目狰狞、邪恶无比的恶魔的支持,这个恶魔以一头狮子的形象出现。因此,对纳尼亚的进攻将是一项隐秘而棘手的行动,我决定不把手伸得太远。"

"卡乐门多么幸运啊,"宰相说着,又把头抬了起来,"诸神愿意把谨慎和足智多谋赐予它的统治者!然而,正如睿智的、无可辩驳的蒂斯罗克所说,被迫管住双手,不去攫取纳尼亚这样的美味佳肴,是非常令人痛心的。那位天才诗人说得好——"说到这里,阿霍什塔注意到王子的脚趾不耐烦地动了一下，便突然住了口。

"确实令人非常痛心。"蒂斯罗克用他低沉、平静的嗓音说，"每天早晨，太阳在我眼中都暗淡无光，每天晚上，我的睡眠都不那么提神，只因为我想起纳尼亚仍然是自由的。"

"哦，我的父亲。"拉巴达什说，"如果我告诉你一个办法，可以让你伸长胳膊，夺取纳尼亚，即使不幸失败，你也可以毫发无损地把手缩回来，你觉得怎么样？"

"拉巴达什啊，如果你能告诉我这个办法，"蒂斯罗克说，"你就是天底下最好的儿子。"

"听着，哦，父亲。就在今天夜里，就在这个时刻，我带着两百人马穿越沙漠。人们会以为你对我的离去一无所知。第二天早晨，我会来到阿钦兰的国王伦恩的安瓦德城堡门口。他们一向与我们和平相处，完全没有防备，我要在他们反应过来之前占领安瓦德。我会骑马穿过安瓦德上面的山口，冲下去穿过纳尼亚，来到凯尔帕拉维尔城堡。至尊王不会在那里；我离开他们的时候，他已经在准备对北部边境的巨人发动袭击了。我要找到

马和男孩

凯尔帕拉维尔城堡,很可能城门是大开的,然后骑马进去。我要谨慎行事,礼貌待人,尽量不让纳尼亚人流血。那么剩下的就是坐在那里,等待载着苏珊女王的'晶莹剔透'号驶来,等她的脚一踏上岸,我就抓住这只走失的鸟,把她甩到马鞍上,然后,策马扬鞭,一路骑回到安瓦德。"

"可是,哦,我的儿子,"蒂斯罗克说,"在抢夺这个女人的时候,不是你就是埃德蒙国王很有可能丢掉性命,不是吗?"

"他们是一支小队伍,"拉巴达什说,"我会命令十个士兵解除他的武装,把他捆绑起来,我要遏制让他流血的强烈欲望,这样就不会在你和至尊王之间挑起致命的战争。"

"如果'晶莹剔透'号在你之前到达凯尔帕拉维尔城堡呢?"

"哦,我的父亲,海风这样大,我认为这种事不会发生。"

"最后,哦,我足智多谋的儿子,"蒂斯罗克说,"关于你怎样得到那个野蛮女人,你已经说得很清楚了,但

119

你却没有提及怎样帮助我推翻纳尼亚。"

"哦，我的父亲，你难道没有注意到吗？虽然我和骑兵会像离弦的箭一样飞越纳尼亚，但我们将永远占领阿钦兰的安瓦德。当你守卫安瓦德的时候，就等于坐在了纳尼亚的大门口，你在安瓦德的守军可以一点一点地增加，最后成为一支强大的军队。"

"这种说法很有洞见和远见。但如果这一切失败了，我怎么把胳膊缩回来呢？"

"你可以说，我是在你不知情的情况下这么做的，违背了你的意愿，也没有得到你的祝福，完全是出于爱情的狂热和青春的冲动。"

"如果至尊王要求我们把他的妹妹，也就是那个野蛮女人送回去呢？"

"哦，我的父亲，请放心，他不会这么做的。因为，虽然这个女人想入非非地拒绝了这桩婚事，但至尊王彼得是一个审慎而睿智的人，他决不愿意错失与我们家族联姻的崇高荣誉和优势，他肯定希望看到他的外甥及其后代登上卡乐门的王位。"

"如果我真的长生不老——这无疑是你的愿望,他是不会看到这一幕了。"蒂斯罗克说,声音比平常更干巴巴。

"还有,哦,我的父亲,哦,我眼睛里的喜悦,"王子尴尬地沉默了一阵之后说道,"我们可以写信,假装那些信是女王写的,说她爱我,不想再回纳尼亚去了。大家都知道,女人像风向标一样善变。就算他们不完全相信那些信,也不敢全副武装到塔什班城来接她了。"

"哦,开明的宰相,"蒂斯罗克说,"关于这个奇特的建议,请把你的智慧赐予我们吧。"

"哦,不朽的蒂斯罗克,"阿霍什塔回答道,"父爱的力量对我来说并不陌生,我常常听说,儿子在父亲的眼里比红宝石还要珍贵。这件事有可能危及这位尊贵王子的生命,我怎么敢放肆地向你表达我的想法呢?"

"毫无疑问,你肯定敢。"蒂斯罗克回答道,"因为你会发现,不这样做的危险至少同样巨大。"

"听到就要服从。"可怜的男人呻吟道,"那么,哦,最通情达理的蒂斯罗克,首先,王子的危险并没有看上去那么大。因为诸神没有赐予野蛮人审慎之光,他们的诗歌不像我们的这样，充满精辟的警句和有用的格言，而全都是关于爱情和战争。因此，在他们看来，没有什么比这种疯狂的举动更高贵和令人钦佩——哎哟！"王子听到"疯狂"两个字，又踢了他一脚。

"停下，哦，我的儿子。"蒂斯罗克说，"而你，值得尊敬的宰相，无论他是否停下，都不能中断你的滔滔宏论。对庄重得体的人来说，没有什么比始终如一地忍受小小的不便更适当的了。"

"听到就是服从。"宰相说，他扭动着身子，让屁股离拉巴达什的脚趾远一些，"我说，在他们眼里，没有什么比这种——呃——危险的尝试更值得原谅，甚至更值得尊敬的了，尤其这是出于对一个女人的爱情。因此，如果王子不幸落入他们手中，他们肯定不会杀死他。不，甚至可能是这样：虽然他没能抢走女王，但看到他的英勇无畏和炽热的激情，女王可能会对他心生好感。"

"说得有道理，你这饶舌的老家伙。"拉巴达什说，"很好，也不知你那丑陋的脑瓜是怎么想到这些的。"

"主人对我的赞美就是我眼中的光芒。"阿霍什塔说，

马和男孩

"其次，哦，蒂斯罗克，你的统治必将天长地久，我认为，在众神的帮助下，安瓦德很有可能落入王子手中。如果那样的话，我们就扼住了纳尼亚的咽喉。"

长时间的沉默，房间里鸦雀无声，两个女孩几乎不敢呼吸。最后，蒂斯罗克说话了。

"去吧，我的儿子。"他说，"就照你说的去做吧。但不要指望得到我的帮助和支持。如果你被杀，我不会为你报仇，如果野蛮人把你关进监狱，我也不会出手援救。如果你在胜利或失败的过程中让纳尼亚贵族多流了一滴血，并由此引发公开的战争，我将永远不会再对你有所偏爱，你的下一个兄弟将取代你在卡乐门的地位。现在去吧。愿你能够迅速、隐秘和幸运。愿不可抗拒、不可阻挡的塔什神的力量，附在于你的刀剑和长矛之中。"

"听到就要服从。"拉巴达什喊道，他跪下来，亲吻了一下父亲的双手，就转身冲出了房间。阿拉维斯藏在逼仄的地方，已经非常难受了，她大为失望地发现，蒂斯罗克和宰相并没有离开。

"哦，宰相，"蒂斯罗克说，"真的没有一个活人知道我们三人今晚在这里举行的这次会议吗？"

"哦，我的主人，"阿霍什塔说，"这是不可能有人知道的。正是出于这个考虑，我才提议在这旧宫殿里开会，你也明智地同意了，这里从来没有举行过会议，家里也没有任何人会过来。"

"很好。"蒂斯罗克说，"如果有人知道，我一定要让他在一小时内死去。而你，哦，谨慎的宰相，也把这事忘掉吧。我要从我的心里和你的心里，抹去王子计划的全部信息。他的离开，我既不知情，也没同意，我不知道他去了哪里，这都是因为他年轻气盛、冲动、鲁莽，

不服管教。至于听说安瓦德落入他手里,将没有人会比你我更感到惊讶。"

"听到就要服从。"阿霍什塔说。

"因此,即使在你隐秘的内心深处,你也永远不会认为我是一个最铁石心肠的父亲,竟然让长子去执行一项极有可能让他送命的任务;对于不爱王子的你来说,这一定很让你高兴。我能洞察你的内心深处。"

"哦,完美无瑕的蒂斯罗克。"宰相说,"和你相比,我既不爱王子,也不爱自己的生命,我不爱面包,不爱水,也不爱阳光。"

"你的情感,"蒂斯罗克说,"是高尚而正确的。与我王位的荣耀和力量相比,我也不爱这些东西。如果王子成功了,我们就有了阿钦兰,也许以后还会得到纳尼亚。如果他失败了——我还有十八个儿子,而拉巴达什,按照国王长子的一贯行事作风,就会变得很危险了。在塔什班城,已经有不止五个蒂斯罗克提前死去,就因为他们的长子,那些开明的王子,等待继承王位等得不耐烦了。与其在这里无所事事,心里焦躁,还不如让他去国外冷静冷静。哦，卓越的宰相，作为过分焦虑的父亲，我现在有点昏昏欲睡了。命令乐师来我的寝室吧。但是在躺下之前，我要收回给第三个厨子写的赦免书。我感觉到了消化不良的明显征兆。"

"听到就要服从。"大宰相说。他四肢着地，倒退着爬到门口，站起来鞠一躬，走了出去。即便这个时候，蒂斯罗克仍然默默地坐在长沙发上，阿拉维斯几乎开始担心他已经睡着了。终于，随着一阵嘎吱声和叹息声，他抬起庞大的身躯，示意奴隶们拿着灯在前面引路，走了出去。门在他身后关上，房间里再次陷入一片漆黑，两个女孩又可以自由地呼吸了。

第9章　穿越沙漠

"好可怕！多么可怕啊！"拉萨拉林呜咽着说，"哦，亲爱的，我好害怕。我浑身都在发抖。你摸摸。"

"走吧。"阿拉维斯说，她自己也在瑟瑟发抖，"他们回新宫殿去了。只要离开这个房间，我们就安全了。但是这浪费了好多时间。你尽快把我带到水闸门那里去吧。"

"亲爱的，这怎么可能？"拉萨拉林尖声说道，"我什么也做不了——现在不行。我可怜的神经崩溃了！不，我们必须静静地躺一会儿，然后回去。"

"为什么要回去？"阿拉维斯问。

"哦，你不理解。你太没有同情心了。"拉萨拉林说着，哭了起来。阿拉维斯认为现在不是发善心的时候。

"你听我说！"她说，一把抓住拉萨拉林，使劲地摇了摇，"如果你再提一句要回去的事，如果你不立刻带我去水闸门——你知道我会怎么做吗？我会冲到走廊里大喊大叫。然后我们俩都会被抓住。"

"可是我们俩都会被——被——被杀死的！"拉萨拉林说，"你没听到蒂斯罗克（愿他长生不老）说的话吗？"

"听到了，但我宁愿被杀死，也不愿嫁给阿霍什塔。快走吧。"

"哦，你心肠真硬。"拉萨拉林说，"我可太倒霉了！"

但是最后，她不得不向阿拉维斯妥协了。她领头走下刚才走过的台阶，顺着另一条走廊，终于来到露天里。她们现在是在宫殿的庭院里，一层层的露台一直延伸到城墙那儿。月亮发出皎洁的清辉。冒险有一个缺点，就是当你来到一些特别美丽的地方时，你经常是太焦虑、太匆忙，根本顾不上去欣赏美景；因此，对于那些灰蒙蒙的草坪、静静冒着气泡的喷泉和树影长长的柏树，阿拉维斯只有一个模糊的印象（尽管多年后依然记得）。

她们走到庭院尽头，城墙阴森森地耸立在她们头顶

上，拉萨拉林颤抖得太厉害，无法打开水闸门的门闩。阿拉维斯把它打开了。她们终于看到了河，河面上满是月光的倒影，还有一个小码头和几条游艇。

"再见啦，"阿拉维斯说，"谢谢你。很抱歉我表现得像头蠢猪。可是想想我要逃避的是什么吧！"

"哦，亲爱的阿拉维斯，"拉萨拉林说，"你不会改变主意吗？你已经看到阿霍什塔是一个多么了不起的男人了！"

"了不起的男人！"阿拉维斯说，"一个丑陋的低声下气的奴隶，被人踢了还溜须拍马，但他把一切都藏在心里，希望通过怂恿可怕的蒂斯罗克密谋杀死他的儿子来给自己报仇。呸！我宁愿嫁给我父亲的厨子，也不愿嫁给这样一个家伙。"

"哦，阿拉维斯，阿拉维斯！你怎么可以说出这么难听的话；而且还说到蒂斯罗克（愿他长生不老）。他既然要那么做，肯定是对的！"

"再见，"阿拉维斯说，"我觉得你的裙子很漂亮。我认为你的房子也很漂亮。我想你肯定会过得很愉快——不过那种生活不适合我。我出去后，你轻轻地把门关上吧。"

她挣脱了朋友的深情拥抱，跨进一条平底船，划了出去，不一会儿，就来到了河中央，头顶是一轮饱满的大月亮，河水深处也倒映着一轮大月亮。空气清新而凉爽，小艇靠近对岸的时候，她听到了猫头鹰的叫声。"啊！这下好多了！"阿拉维斯想。她一直生活在乡下，恨透了待在塔什班城的每一分钟。

她上岸后，发现周围一片黑暗，因为地势上升，树木茂密，遮挡住了月光。但是她总算找到了沙斯塔找到的那条路，并且像他一样走到草地消失、沙漠开始的地方。她（像他一样）向左边望去，看到了那些黑黢黢的大陵墓。这时，她虽然是个勇敢的姑娘，也终于心生胆怯了。如果别人都不在怎么办！如果这里有食尸鬼怎么办！但她还是扬起下巴（还吐出一点舌头），径直朝陵墓走去。

还没走到陵墓跟前，她就看见了布里、赫温和那个马夫。

"你现在可以回到女主人那里去了。"阿拉维斯说（完全忘记了马夫现在回不去，要等到第二天早晨城门

打开才能回去),"这是给你的辛苦钱。"

"听到就要服从。"马夫说完,立刻以惊人的速度向城里赶去。用不着催他快点,他心里也一直在嘀咕食尸鬼的事呢。

接下来的几秒钟里,阿拉维斯一个劲儿地亲吻赫温和布里的鼻子,拍他们的脖颈,好像把他们当成了很普通的马。

"沙斯塔来了!感谢狮子!"布里说。

阿拉维斯四下张望,果然是沙斯塔,他看见马夫走了,立刻从藏身的地方走了出来。

"快。"阿拉维斯说,"一刻也不能浪费。"她匆匆忙忙地把拉巴达什出征的事告诉了他们。

"背信弃义的狗东西!"布里摇晃着鬃毛,跺着蹄子说,"在和平时期突然发动进攻,连声招呼都不打!但我们会给他往燕麦里抹油。我们会比他先到那儿。"

"可以吗?"阿拉维斯说,翻身骑到赫温的背上。沙斯塔希望自己也能这样潇洒地骑上马。

"咴咴——咴!"布里喷着鼻息,"你上来吧,沙斯塔。我们没问题！而且有了一个好的开始！"

"他说他马上就出发。"阿拉维斯说。

"人类就喜欢这么说话。"布里说,"但是你不可能在一分钟内,让两百人马组成的队伍吃饱喝足,备好武器,装上马鞍,然后开拔。现在,我们的方向是什么？正北？"

"不。"沙斯塔说,"我知道方向。我画过一条线。我待会儿再解释。你们两匹马都往我们左边挪一挪。啊,找到了！"

"我说。"布里说,"故事里说的那种飞奔一天一夜其实是办不到的。必须步行和小跑,还必须是轻快的小跑和快步走。我们走路的时候,你们两个人类也可以下马步行。好了。你准备好了吗,赫温？我们出发,奔向纳尼亚和北方！"

一开始还是很愉快的。已经入夜好几个小时,沙子白天从太阳那里吸收的热量,几乎已经全部散发掉了,空气凉爽、新鲜、清冽。他们朝四面八方眺望,沙漠在月光下晶莹闪烁,如同光滑如镜的水面,或一个巨大的银盘。四下里没有别的声音,只有布里和赫温的马蹄声。

马和男孩

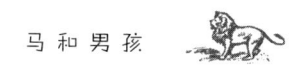

如果不是经常下马走一走,沙斯塔几乎要睡着了。

就这样,似乎过了几个小时。后来有一段时间,月亮没有了。他们仿佛是在死一般的黑暗中骑了很长很长时间。在这之后,沙斯塔注意到,他前面布里的脖子和脑袋似乎比以前看得更清楚了;慢慢地,很慢很慢地,他开始注意到,四周都是广袤的灰色平地,看上去死气沉沉,像是死亡世界里的东西;沙斯塔非常疲惫,他感到自己浑身发冷,嘴唇焦干。他的耳边只有皮带发出的吱吱声、马嚼子的叮当声,还有马蹄声——不是走在坚硬路面上的嗒嗒声,而是踩在干燥沙地上的砰砰声。

骑了几个小时之后,在他的右边,在遥远的地平线上,终于出现了一条长长的浅灰色,然后是一抹红色。黎明总算到来了,但没有一只鸟儿为它歌唱。此刻,他很高兴能不时地下来走一走,因为他感到比之前更冷了。

突然,太阳升起来了,一切都在刹那间起了变化。灰色的沙子变得黄灿灿的,里面似乎撒满了钻石。在他们的左边,沙斯塔、赫温、布里和阿拉维斯的影子长得出奇,跟在他们旁边奔跑。远处,皮尔山的双峰在阳光下闪闪发亮,沙斯塔发现他们有点偏离路线。"往左一点,往左一点。"他大声喊道。最让人高兴的是,当你回头看时,塔什班城已经变得非常遥远和渺小。陵墓完全看不见了,被那个边缘参差不齐的孤峰吞没,那孤峰就是蒂斯罗克的城市。大家都感觉轻松多了。

然而,他们并没有轻松多久。他们第一次回头看塔什班城时,它显得非常遥远,可是他们走啊走啊,它似乎一点也没有变得更遥远。沙斯塔不再回头看它了,因为那只会让他感到他们根本没有移动。光线也成了令人讨厌的东西。耀眼的沙子刺得眼睛生疼,但他知道,不能把眼睛闭上。他必须使劲眯起眼睛,一直盯着前方的皮尔山,大声喊出方向。接着便是难忍的酷热。他是在下马走路时才注意到这一点的。他从马背滑到沙漠上时,沙子里的热气直往他脸上扑,就好像打开了烤箱的门。第二次就更糟了。到了第三次,他的光脚一碰到沙子,就疼得尖叫起来,赶紧把一只脚塞回马镫子里,另一只脚踩在布里的背上。

"对不起,布里。"他喘着粗气说,"我没法走路了。

沙子烫脚。"

"当然!"布里气喘吁吁地说,"我自己早该想到的。待在我背上吧。这也是没办法的事。"

"你没事。"沙斯塔对走在赫温身边的阿拉维斯说,"你穿着鞋子呢。"

阿拉维斯什么也没说,似乎端着架子。希望她不是故意的,但她就是故意的。

又继续往前走,小跑,走路,再小跑,叮铃——叮铃——叮铃,嘎吱——嘎吱——嘎吱,热腾腾的马的气味,热腾腾的自己身体的气味,耀眼的强光,头痛。一英里又一英里,风景一成不变。塔什班城永远不会显得更远一点。那些群山也永远不会显得更近一点。你觉得这样的情形一直没有尽头:叮铃——叮铃——叮铃,嘎吱——嘎吱——嘎吱,热腾腾的马的气味,热腾腾的自己身体的气味。

当然,为了打发时间,他们尝试了各种各样的游戏;当然,这些游戏统统没有用。他们拼命地不去想饮料——塔什班城宫殿里的冰镇果子露,清澈的泉水,叮叮地响着黑土地的声音，还有清凉、顺滑的牛奶，奶油味刚刚好，不是太浓——你越是拼命不去想，就越是忍不住想。

最后，终于出现了不一样的东西——沙漠里突起了一大块岩石，大约有五十码长、三十英尺高。它没有投下多少影子，因为太阳已经升得很高了，但多少还是投下了一点影子。大家都挤到那片阴影里。他们在那里吃了些东西，喝了点水。用皮水壶喂马喝水是很难的，但布里和赫温的嘴唇很灵巧。谁都没有吃饱喝足。谁都没有说话。两匹马身上布满了泡沫，呼吸粗重。两个孩子脸色苍白。

休息了很短一会儿，他们又继续赶路。同样的声音，同样的气味，同样耀眼的强光，终于，他们的影子开始落在右边，然后越拉越长，似乎要一直延伸到世界的东端。太阳非常缓慢地向西方的地平线靠近。太阳总算落山了，谢天谢地，那无情的强光消失了，但是从沙子里升腾的热气还是那样灼热难耐。四双眼睛急切地张望着，寻找渡鸦萨罗帕说的那个山谷的影子。然而，一英里又

马和男孩

一英里,除了一望无际的沙漠,什么也没有。现在,白天已经完全结束,星星也大都出来了,两匹马仍在呼哧呼哧地赶路,两个孩子仍在马鞍上颠簸,他们又渴又累,痛苦不堪。直到月亮升起,沙斯塔才大喊一声——嗓音古怪,如同狗吠一般,是嘴巴干到极点的人发出来的:

"终于到了!"

这次不会有错了。在他们前面稍稍往右一点,终于有了一个斜坡:一个向下的斜坡,两边都是岩石山丘。两匹马累得说不出话来,但他们转过身,一两分钟后就钻进了山沟里。起初,待在里面比待在露天的沙漠里还要难受,因为岩壁之间有一种令人窒息的闷热,而且没有多少月光。斜坡继续陡峭地向下延伸,两边的岩石陡然耸立,像悬崖那么高。接着,他们就看见了植物——像仙人掌一样多刺的植物,以及会扎伤你手指的野草。很快,马蹄就不再落在沙地上,而是踩在鹅卵石和碎石头上了。他们绕过山谷里的每个转弯处——山谷里有许多转弯处——急切地寻找水源。两匹马的力气几乎耗尽了,赫温跌跌撞撞,气喘吁吁,落在布里后面。就在他们几乎要绝望的时候，终于看到了一片泥泞和一小股水流，这里的草地也更柔软、更丰美。接着，涓涓细流变成了小溪，小溪变成了两边都长着灌木的小河，小河变成了大河，然后（经过我无法形容的种种失望之后）——正在迷迷糊糊打瞌睡的沙斯塔突然意识到，布里已经停下脚步，而且发现自己正从马背上滑下来。在他们面前，一小股瀑布哗哗地流进一个宽阔的水潭，两匹马已经在水潭边，低着头喝水，他们尽情地喝啊、喝啊、喝啊。"哦——哦——哦。"沙斯塔说着就跳进了水里——水差不多没到他的膝盖——他把脑袋直接扎进瀑布。这也许是他一生中最美妙的时刻。

　　大约十分钟后，他们四个（两个孩子几乎成了落汤鸡）都从水里出来，开始打量周围的环境。月亮已经高挂在天空，俯视着下面的山谷。河两岸长满了柔软的青草，草地之外，树木和灌木丛一直延伸到悬崖的底部。毫无疑问，在那幽暗的灌木丛中，隐藏着一些奇妙的开花灌木，因为整个林地里弥漫着各种最清爽、最芳香的气味。从树林里最黑暗的幽深处，传来了沙斯塔从未听

过的声音——是一只夜莺。

大家都累得不想说话，也不想吃东西。两匹马不等卸下鞍子，就立刻躺倒了。阿拉维斯和沙斯塔也躺了下来。

大约十分钟后，谨慎的赫温说道："我们千万不能睡觉。我们必须赶在拉巴达什前面。"

"对。"布里慢吞吞地说，"不能睡觉。只是稍微休息一下。"

沙斯塔（有那么一刻）心里明白，如果不起来做点

什么，他们就都会睡着的，他觉得自己应该做点什么。事实上，他决定爬起来，说服他们继续往前走。但过会儿再说；再过一会儿；再过一会儿……

很快，月亮升起来了，夜莺在马和孩子们的头顶上歌唱，他们都睡熟了。

第一个醒来的是阿拉维斯。太阳已经在天空中升得很高，一个凉爽的早晨被白白浪费掉了。"都怪我。"她气愤地说，一边跳起来，把其他人叫醒，"两匹马这样奔波了一天，就算他们会说话，也不能指望他们一直醒着。当然，那个男孩也要睡觉；他没有受过良好的训练。但是我应该比他们更明白道理。"

其他人都睡得迷迷糊糊，大脑迟钝。

"呋——呋——呋呋——呋。"布里说，"我戴着马鞍就睡着了，嗯？我再也不会这么做了。真不舒服——"

"哦，走吧，快走吧。"阿拉维斯说，"我们已经损失了大半个上午。没有多余的时间了。"

"总得让人吃一口草吧。"布里说。

"恐怕不能再等了。"阿拉维斯说。

"着什么急呢？"布里说，"我们已经穿过了沙漠，不是吗？"

"可是阿钦兰还没有到呢。"阿拉维斯说，"我们必须在拉巴达什之前赶到那里。"

"哦，我们一定领先他好几英里了。"布里说，"我们不是抄了一条近路吗？沙斯塔，你的那个渡鸦朋友不是说，这是一条近路吗？"

"他可没有说是近路。"沙斯塔回答道，"他只是说更好走，因为走这条路可以遇到一条河。如果这片绿洲在塔什班城的正北方，那么我想这条路可能绕远了。"

"唉，我不吃点东西就走不动路了。"布里说，"把我的缰绳取下来，沙斯塔。"

"请——请听我说，"赫温非常害羞地说，"我和布里一样，也觉得不能继续往前走了。但是，当马背上驮着人类（还有马刺之类的东西）的时候，不是经常在这种感觉下也被逼着往前走吗？然后他们就发现自己果然能行。我——我的意思是——现在我们自由了，难道不应该做得更好吗？一切都是为了纳尼亚。"

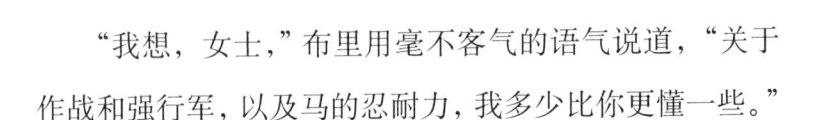

"我想，女士，"布里用毫不客气的语气说道，"关于作战和强行军，以及马的忍耐力，我多少比你更懂一些。"

赫温对此没有回答，因为和大多数出身高贵的雌马一样，她性情非常敏感和温和，很容易被说服。事实上，她说得很对，如果当时有一个泰坎骑在布里的背上，命令他继续往前走，布里会发现自己完全能再坚持几个小时。但是，做奴隶、被逼着去做事的最糟糕的结果之一，就是当没有人逼迫你的时候，你会发现，你几乎没有力量强迫自己干事了。

所以，他们只好等着布里吃东西、喝水，当然啦，赫温和两个孩子也吃了点东西、喝了点水。等到终于重新出发时，肯定已经将近上午十一点了。就算这样，布里的态度也比昨天温和多了。在两匹马中，赫温虽然是比较柔弱和疲惫的那一匹，却决定了赶路的节奏。

山谷本身是一个令人心旷神怡的地方，褐色的凉爽的河流，青青的草地，苔藓，野花和杜鹃花，你忍不住就想慢悠悠地骑马兜风。

第10章 南征的隐士

他们在山谷里骑行，几个小时后，山谷变得宽阔了，可以看到前面的景象。他们一直顺流而行的那条河，在这里汇入了一条更宽阔、更湍急的河。大河从他们的左边流向他们的右边，一路向东流去。在这条新河的对岸，一个令人赏心悦目的国度，在低矮的山丘中缓缓升起，山脊连着山脊，一直延伸到北部的群山。右边有几座岩石山峰，其中一两座的顶上还有积雪。左边，是松树覆盖的山坡、巍峨耸立的悬崖、狭窄的峡谷和蓝色的山峰，直至视线所及的地方。皮尔峰再也看不清了。就在正前方，山脉陷入了一片树木繁茂的马鞍形洼地，这一定就是从阿钦兰进入纳尼亚的通道。

"呔呔——呔——呔,北方,绿色的北方!"布里嘶鸣道。阿拉维斯和沙斯塔都是在南方长大的,在他们眼里,这些低矮的小山丘比他们所能想象的任何东西都更翠绿、更清新。他们骑着马,嗒嗒地来到两条河的交汇处,情绪振作了起来。

向东奔流的河水,是从群山西端的高处倾泻下来的,十分湍急,激流很多,他们不敢下水游泳。他们在河岸上来回找了半天,终于找到一片可以涉水的浅水处。河水哗哗地流淌,发出轰鸣,巨大的漩涡拍打着马蹄,再加上凉爽、撩人的空气,和飞来飞去的小蜻蜓,使沙斯塔心中充满一种异样的兴奋。

"朋友们,我们已经在阿钦兰了!"布里自豪地说,他艰难地蹚水走向北岸,溅起片片水花,"我想,我们刚才渡过的那条河叫曲箭河。"

"但愿我们及时赶到了。"赫温喃喃地说。

然后,他们开始往上走,走得很慢,经常绕来绕去,因为山势很陡。这是一片开阔的公园般的乡村,看不到道路和房屋。到处都是零零星星的树木,它们不够茂密,不足以形成森林。沙斯塔一辈子都生活在几乎没有树木的草原上，从来没见过数量这么多、种类这么杂的树。如果你当时也在，可能就会知道（沙斯塔自己不知道），他看到的是橡树、山毛榉、白桦树、花楸树和甜栗子树。他们往前走的时候，野兔四处逃窜，过了一会儿，他们看见树林里有一群小鹿匆匆逃走了。

"简直太美妙了！"阿拉维斯说。

走到第一个山脊，沙斯塔在马鞍上转过身，往回看了看。塔什班城已不见踪影；那片沙漠一直延伸到地平线，望过去白茫茫的一片，只有他们刚才走过的那道狭窄的、裂缝般的绿色。

"咦！"他突然说，"那是什么！"

"什么是什么？"布里转过身问道。赫温和阿拉维斯也把头转了过来。

"那个。"沙斯塔指着说，"看起来像烟。难道是火吗？"

"我想是沙尘暴吧。"布里说。

"风不大，不可能有沙尘暴。"阿拉维斯说。

"哦！"赫温喊道，"看！里面有东西在闪光。看！

是头盔——还有铠甲。正在移动：往这边移动。"

"塔什神在上！"阿拉维斯说，"这是军队。是拉巴达什。"

"哦，肯定是。"赫温说，"这正是我担心的。快！我们必须赶在他们之前到达安瓦德。"她不再说话，转身就开始向北飞奔。布里摇了摇头，也跟了上去。

"快，布里，快点。"阿拉维斯扭头喊道。

对两匹马来说，这场赛跑非常辛苦。每爬上一个山脊的顶端，就发现前面还有另一道山谷和另一个山脊；虽然知道走的方向多半是对的，但谁也不清楚，安瓦德还有多远。到了第二个山脊上，沙斯塔又回头看了看。他现在看到的不是沙漠里腾起的尘雾，而是一团黑乎乎的、移动的东西，像密密麻麻的蚂蚁，在曲箭河的对岸。那些人显然是在寻找一个浅水处。

"他们要过河了！"他焦急地嚷道。

"快！快！"阿拉维斯大喊，"如果我们不能及时赶到安瓦德，就等于根本没来。跑起来，布里，快跑起来。别忘了，你是一匹战马。"

马和男孩

沙斯塔拼命克制自己,不要喊出类似的指令,他想:"这个可怜的家伙已经尽力了。"就把话咽了回去。当然,两匹马都尽力了,至少他们自以为已竭尽全力;这并不完全是一回事。布里赶上了赫温,他们并肩在草地上飞奔。看样子,赫温坚持不了多久了。

就在这时,后面传来一个声音,顿时彻底改变了大家的心情。这不是他们以为会听到的声音——马蹄声、盔甲的叮当声,也许还夹杂着卡乐门士兵的呐喊声。但沙斯塔立刻就明白这是什么声音了。在他第一次遇到阿拉维斯和赫温的那个月夜,他也曾听到这样的咆哮。布里也听出来了。他眼睛里闪着红光,耳朵向后,平贴在头颅上。布里这时才发现,他并没有真的尽力跑出最快的速度。沙斯塔立刻感觉到了变化。现在,他们真的全力以赴了。几秒钟后,他们就远远地超过了赫温。

"这不公平。"沙斯塔想,"我还以为这里很安全,不会有狮子呢!"

他回头看了看。一切都再清楚不过了。在他们身后,一头巨大的黄褐色动物低伏在地面上,就像一只猫看见一条陌生的狗进入花园时,赶紧蹿过草坪向一棵树奔去。它每一秒钟都在逼近。

沙斯塔又往前看了看,看到了一些他没有注意,甚至没有想到的东西。他们的路被一道平整的绿墙挡住了。墙大约十英尺高,中间有一扇开着的门。门中央站着一个高个子男人,光着脚,穿着一件颜色如秋叶一般的长袍,拄着一根笔直的手杖。他的胡子几乎垂到膝盖上。

沙斯塔一眼看到了这一切,然后又回头再看。狮子马上就要咬到赫温了。它正在咬赫温的后腿,赫温惊恐地睁大眼睛,那张泛着白沫的脸上已经没有了希望。

"站住。"沙斯塔在布里耳边大声喊道,"必须回去。

马和男孩

必须救她!"

布里后来总是说他根本没有听见,或根本没有听懂这些话。总的来说,他是一匹非常诚实的马,我们必须相信他的话。

沙斯塔把脚从马镫上抽出来,两条腿都挪到左边,在惊心动魄的刹那间犹豫了一下,然后跳下马来。真疼啊,他疼得差点儿喘不过气来;但是,不等弄明白自己摔得有多疼,他就跌跌撞撞地跑回去救阿拉维斯了。他以前没有做过这样的事,现在也不知道为什么要这样做。

世界上最可怕的声音之一,一匹马的尖叫,从赫温的嘴里发了出来。阿拉维斯压低身子,俯在赫温的脖子上,似乎想拔出宝剑。现在他们三个——阿拉维斯、赫温和狮子——差点儿都要压在沙斯塔身上了。没等他们冲到跟前,狮子就用后腿站了起来——它比你想象的还要大,右爪直朝阿拉维斯抓了过来。沙斯塔看见那些可怕的爪子都伸了出来。阿拉维斯尖叫着,在马鞍上东摇西晃。狮子在撕扯她的肩膀。沙斯塔吓得魂飞魄散,跟跟跄跄地朝那头野兽扑去。他没有武器,连一根棍子或一块石头都没有。他傻乎乎地冲着狮子大喊，就像冲一条狗喊叫一样。"回去！回去！"那一瞬间，他直盯着那个大张着的、怒吼的嘴。接着，他十分吃惊地发现，仍然用后腿站立着的狮子突然停了下来，掉转方向，身子抖了抖，匆匆跑开了。

沙斯塔万万没有想到它会就此消失。他转过身，向那道绿墙上的大门跑去，他这才第一次想起自己看见过这扇门。赫温跟跟跄跄，几乎要晕倒了，刚刚走进大门；阿拉维斯仍然骑在马背上，但后背上全是血。

"进来吧，我的女儿，进来吧。"那个穿长袍、留胡子的男人说。当沙斯塔气喘吁吁地走向他时，他又说，"进来吧，我的儿子。"沙斯塔听见门在身后关上的声音，留胡子的陌生人已经在搀扶阿拉维斯下马了。

他们是在一片开阔的、完全是圆形的围场里，四周有一道高墙保护着，墙上覆盖着绿色的草皮。沙斯塔的面前是满满一池完全静止的水，水面几乎和地面齐平。池塘的一端长着一棵大树，沙斯塔从未见过这么高大、这么美丽的树，它的枝干完全把池塘遮掩住了。池塘那

马和男孩

边是一座低矮的小石屋,屋顶上铺着厚厚的古旧的茅草。只听得一阵咩咩的叫声,远处的围栏那边有几只山羊。平坦的地面上长满了最鲜嫩的绿草。

"难道——难道——难道你,"沙斯塔气喘吁吁地说,"难道你就是阿钦兰的国王伦恩吗?"

老人摇了摇头。"不,"他用平静的声音回答道,"我是南征的隐士。现在,我的孩子,不要浪费时间问东问西了,服从命令吧。这个姑娘受伤了。你们的两匹马都累坏了。此刻拉巴达什在曲箭河上找到了一个浅水处。如果你现在跑过去,一刻也不休息,仍然来得及去通知伦恩国王。"

听了这话,沙斯塔心里一阵发虚,他觉得身体里已经没有一丝力气。他感到很痛苦,觉得这个要求非常残酷和不公平。他还没有懂得,如果你做了一件好事,你的回报通常是去做另一件更难、更好的事。但他只是大声问:

"国王在哪儿?"

隐士转过身,用手杖指了指。"看。"他说,"那儿还有一扇门，就在你进来的那扇门的对面。打开它，径直往前走：永远笔直地往前走，不管地势平坦还是陡峭，平整还是粗糙，干燥还是潮湿。我凭法术知道，你会在正前方找到伦恩国王。但是要奔跑，奔跑，一直奔跑。"

沙斯塔点点头，跑向北边的那扇门，消失在门外。隐士这段时间一直用左臂扶着阿拉维斯，这时，他半牵半抱地把她领进小屋。过了很长时间，他又出来了。

"好了，亲人们。"他对两匹马说，"轮到你们了。"

没等两匹马回答——他们确实已经累得说不出话了——他就拿掉了他们身上的缰绳和马鞍。然后，他给他们俩擦拭身体，擦得那么仔细，连国王马厩里的马夫也不会做得比他更好。

"好了，亲人们，"他说，"把这一切都抛到脑后，心里放踏实吧。这里有水，那里有草。等我给其他的表亲——那些山羊挤完奶，你们就能吃到热饲料了。"

"先生，"赫温终于恢复了说话的声音，说道，"泰吉娜能活下来吗？狮子有没有咬死她？"

"我通过魔法知道现在的许多事情，"隐士微笑着回

答,"但对未来的事情还不太了解。因此,我不知道今晚太阳落山时,世界上是否还会有男人、女人或野兽活着。但是要心存美好的希望。这个姑娘很可能活得跟她的同龄人一样长久。"

阿拉维斯醒来时,发现自己脸朝下,趴在一张特别柔软的矮床上,房间里很阴凉,没有什么家具,墙壁是光秃秃的石墙。她不明白自己为什么脸朝下趴着;当她想翻身时,整个背部一阵火辣辣的剧痛,于是她想起来了,明白了原因。她不知道床上铺的这种舒服的、有弹性的材料是什么,因为铺的是欧石楠(最好的铺床物),而她这辈子从未见过或听说过欧石楠。

门开了,隐士走进来,手里端着一个大木碗。他小心翼翼地把木碗放下,走到床边,问道:

"你觉得怎么样了,我的女儿?"

"我的后背很痛,父亲,"阿拉维斯说,"但没有别的不舒服。"

隐士跪在她身边,伸手试了试她的额头,还摸了她的脉搏。

"没有发烧。"他说,"你会好起来的。事实上,你明天就完全可以起床了。来,把这个喝了吧。"

他端起木碗,递到她的唇边。阿拉维斯尝了一口羊奶,忍不住做了个鬼脸,因为你不习惯喝羊奶的时候会觉得味道很吓人。但是她非常渴,总算把羊奶都喝光了,然后就感觉好多了。

"现在,我的女儿,你想睡就尽管睡吧。"隐士说,"你的伤口已经清洗和包扎好了,虽然很疼,但并不比鞭子抽打的伤口更严重。那一定是一头非常奇怪的狮子;它并没有把你从马鞍上扯下来,用牙齿咬你,只是用爪子挠你的后背。挠了十道;很疼,但伤口不深,也没有危险。"

"哟!"阿拉维斯说,"我运气还不错。"

"女儿,"隐士说道,"我在这个世界上活了一百零九个冬天,还从来没有碰到过运气这种东西。这些事情我不是很明白,但如果我们需要知道的话,你放心,我们肯定会知道的。"

"拉巴达什和他那两百匹马的骑兵队怎么样了?"阿

拉维斯问。

"我想他们不会从这里经过。"隐士说,"现在,他们一定在我们东边找到了浅水处。他们会从那里直接骑到安瓦德去。"

"可怜的沙斯塔!"阿拉维斯说,"他要走很远的路吗? 他会先赶到那里吗?"

"很有希望。"老人说。

阿拉维斯又躺下了(这次是侧躺),她说:"我睡了很长时间吗? 天好像快黑了。"

隐士从唯一一扇朝北的窗户望出去,"这不是天黑。"他随即说道,"风暴顶那儿正有乌云降落。我们这里的恶劣天气都是从那些地方来的。今晚会有大雾。"

第二天,阿拉维斯除了后背疼,感觉非常好,吃过早饭(麦片粥加奶油),隐士就说她可以起床了。当然啦,她立刻就出去找两匹马说话了。天气变了,整个围场像一只绿色的、盛满了阳光的大杯子。这是一个非常安宁的地方,孤独而静谧。

赫温立即小跑到阿拉维斯面前,给她一个马的亲吻。

"可是布里在哪儿呢？"互相问候过对方的健康和睡眠后，阿拉维斯问道。

"在那边呢。"赫温说，用鼻子指着围场的另一边，"我希望你能过去和他谈谈。好像有点儿不对劲，他一句话也不肯跟我说。"

她们慢悠悠地走过去，发现布里躺在那里，脸冲着墙，他肯定听到她们过来了，却一直没有转过头，也没有说一个字。

"早安，布里。"阿拉维斯说，"你今天早上感觉怎么样？"

布里嘀咕了一句，但谁也没有听清。

"隐士说，沙斯塔可能及时赶到了伦恩国王那里，"阿拉维斯继续说道，"看来，我们所有的麻烦都结束了。纳尼亚终于到了，布里！"

"我再也见不到纳尼亚了。"布里低声说。

"你不舒服吗，亲爱的布里？"阿拉维斯说。

布里终于转过身来，他满脸忧伤，只有马才会露出那种忧伤的表情。

"我要回卡乐门去。"他说。

马和男孩

"什么？"阿拉维斯说，"重新变成奴隶！"

"是的。"布里说，"我只适合做奴隶。我还有什么脸面去见纳尼亚那些自由的马呢？——我抛下一匹雌马、一个女孩和一个男孩不管，让他们被狮子吃掉，只顾自己没命地奔跑，保全这副可怜的皮囊！"

"当时我们都在拼命地跑。"赫温说。

"沙斯塔没有！"布里哼着鼻子说，"至少他跑的方向是正确的：他往回跑了。这是最让我羞愧的。我口口声声说自己是一匹战马，久经沙场，却被一个不起眼的人类小男孩打败了——一个小孩子，一个小家伙，他这辈子从来没拿过剑，也没有受过任何良好的教育或见过任何榜样！"

"我知道。"阿拉维斯说，"我也有同样的感觉。沙斯塔表现得很出色。我和你一样糟糕，布里。自从和你们认识之后，我就一直冷落他，瞧不起他，结果呢，他却是我们当中最优秀的一个。但是我想，与其回到卡乐门去，还不如留下来，说一声对不起呢。"

"这对你来说没问题。"布里说，"你没有给自己丢脸。可是我已经颜面扫地了。"

"我的好马儿。"隐士说，他不知不觉走到他们身边，谁也没有听见，因为他的光脚踩在沾着露水的芳香草地上，发出的声音很轻，"我的好马儿，你失去的只是你的自负。不，不，伙计。不要对着我竖耳朵、抖鬃毛。如果你真的像一分钟前说的那样谦卑，就必须学会听人讲道理。你生活在那些可怜的哑巴马中间，以为自己是一匹了不起的马，其实并不是那样。当然啦，你比它们勇敢，比它们聪明。这是你自己也控制不了的。但这并不意味着你在纳尼亚会成为一个了不起的人物。其实，只要你知道自己不是什么了不起的人物，从总体上来说，你就会是一匹很不错的马。至于现在，如果你和我的另一位四条腿表亲绕到厨房门口，我们就能看到剩下的一半热饲料了。"

第11章　不受欢迎的同行者

沙斯塔穿过大门后，发现一片长满青草的斜坡，面前有一片欧石楠，远处有几棵树。他现在没有什么事情要考虑，也没有什么计划要制订，只需一门心思往前跑，这就够了。他的四肢颤抖，肋部变得剧痛难忍，汗水不断地滴入眼睛，使他两眼刺痛，什么也看不见。他的脚步也有点踉跄，不止一次踩在松动的石头上，差点儿扭伤脚脖子。

树木比之前茂密了一些，空地更多了，上面长着蕨类植物。太阳沉了下去，却并没有使这里变得凉快一点。这是一个炎热而阴沉的日子，苍蝇的数量似乎是平时的两倍。沙斯塔的脸上落满苍蝇；他甚至顾不上把它们赶

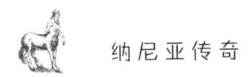

走——他有太多事情要做了。

突然,他听到了号角声——不是塔什班城那种嘹亮、激昂的号角声,而是一种欢快的召唤,嘟——嘟——嘟——嘟——嗬!过了一会儿,他来到一片开阔的林间空地上,发现自己置身于人群之中。

至少,在他看来,那是一大群人。实际上,大约有十五到二十个人,都是穿着绿色猎装的绅士,都带着马;有的骑在马上,有的站在马头旁。人群中央,有人拉着马镫子让一个男人骑上去。被伺候上马的那个男人,是

马和男孩

你可以想象的最快乐、最肥胖、面庞圆嘟嘟、眼睛亮闪闪的国王。

沙斯塔一出现，这位国王就把骑马的事忘到了脑后。他朝沙斯塔张开双臂，满脸喜悦，用似乎从胸腔深处发出的洪亮而浑厚的声音喊道：

"科林！我的儿子！没有骑马，穿着破衣烂衫！怎么——"

"不。"沙斯塔摇着头，气喘吁吁地说，"不是科林王子。我——我——我知道我长得像他……我在塔什班城看到了王子殿下……带来他的问候。"

国王目不转睛地盯着沙斯塔，脸上是一副异样的表情。

"你是——伦——伦恩国王吗？"沙斯塔喘着粗气问。然后，不等对方回答，"国王陛下——快跑——安瓦德关上城门——敌人打过来了——拉巴达什带着两百人马。"

"你对此有把握吗，孩子？"另一位绅士问道。

"我亲眼看见的。"沙斯塔说，"我看见了他们。我被他们一路追赶着，从塔什班城过来的。"

"是步行的？"那位绅士说着，微微扬起了眉毛。

"马——在隐士那儿。"沙斯塔说。

"别再问他了，达林。"伦恩国王说，"我在他脸上看到了真相。我们必须快马加鞭，先生们。给这孩子一匹备用的马。你能骑得很快吗，朋友？"

作为回答，沙斯塔把脚踩在那匹牵过来的马的镫子上，一眨眼间，他就骑上了马。过去的几个星期里，他曾一百次骑到布里的背上，现在他翻身上马的水平已经和第一天晚上截然不同了，当时布里说他上马的姿势就像爬干草堆一样。

他高兴地听到达林爵士对国王说："这孩子骑马的姿势像一位真正的骑士，陛下。我敢保证他有高贵的血统。"

"他的血统，是的，这是问题的关键。"国王说。他又使劲地盯着沙斯塔，一双坚定的灰眼睛里露出好奇的，几乎是饥渴的表情。

这个时候——整个队伍都在轻快地前进。沙斯塔骑得很好，但他烦恼的是不知道该拿缰绳怎么办，因为骑在布里背上的时候，他从来没有碰过缰绳。他非常细

马和男孩

心地用眼角观察其他人是怎么做的（就像我们在聚会上不确定该用哪把刀叉时那样），努力把手指的位置摆对。他不敢真的去驾驭这匹马；他相信，它会跟着其他马跑。当然啦，这是一匹普通的马，不是会说话的马；但是它也很聪明，很快意识到背上这个陌生的男孩既没有鞭子也没有马刺，并不是真正的主人。因此，沙斯塔很快就发现，自己落在了队伍的最后。

即便如此，他还是骑得很快。现在没有苍蝇了，扑面而来的空气很清新，呼吸也恢复了正常。他成功完成了任务。自从来到塔什班城（感觉像是很久以前的事了！）之后，他第一次感到了身心愉快。

他抬头看看离山顶还有多远。他失望地发现，根本看不见山顶，只有一片模模糊糊的灰色翻滚而来。他以前从未到过山区，不由得感到很惊讶。"那是一团云，"他对自己说，"一团云正在压下来。我明白了。人在这山上，就像真的在天空里一样。我能看到云团里面是什么样。多好玩儿啊！我以前经常很好奇。"在他身后，在左边很远的地方，太阳已经快要落山了。

这时候，他们骑到了一条崎岖不平的道路上，速度非常快。沙斯塔的马仍然落在最后。有一两次，道路转弯时（现在路两边都是连绵不断的森林），有那么一两秒钟，他看不见其他人了。

接着，他们一头扎进浓雾里，或者是浓雾翻滚着把他们包围。世界变成一片灰蒙蒙。沙斯塔没有想到，云团的里面竟然这么寒冷和潮湿；也没想到会是这么黑暗。灰色以惊人的速度变成了黑色。

每过一会儿，队伍前面就有人吹响号角，每次声音都来自更远一点的地方。现在，沙斯塔看不见其他人了，但是不用说，只要拐过下一个转弯处，他就又能看见他们了。可是转过弯来，他还是看不见他们。事实上，他什么也看不见。他的马现在放慢了脚步。"快走，马儿，快走啊。"沙斯塔说。这时号角声传来，声音非常微弱。布里总是告诉他，他的脚后跟必须朝外，因此沙斯塔认为，如果他的脚后跟戳到马的两肋，肯定会发生非常可怕的事情。他觉得眼下倒是个机会，不妨试一试。"听着，马儿，"他说，"如果你不赶紧跑起来，你知道我会

马和男孩

怎么做吗？我要用脚后跟戳你。我真的会这么做。"然而，马根本不理会这个威胁。于是，沙斯塔稳稳地坐在马鞍上，夹紧双膝，咬紧牙关，用脚后跟使劲击打马的身体两侧。

唯一的结果是马假装小跑了五六步，又开始慢悠悠地走路。现在，天已经很黑了，他们似乎不再吹号角。四下里只有一个声音，就是水不断从树枝上滴下来的声音。

"好吧，我想我们即使慢慢溜达，最后也总能到达某个地方。"沙斯塔自言自语地说，"我只希望不要碰到拉巴达什和他的手下。"

他似乎走了很长时间，一直是以步行的速度。他开始讨厌这匹马，肚子也开始饿得发慌。

不一会儿，他来到道路分岔的地方。他正在猜想哪条路通往安瓦德，突然，他被身后传来的一个声音吓了一跳。那是许多马匹奔跑的声音。"是拉巴达什！"沙斯塔想。他没办法猜出拉巴达什会走哪条路。"但如果我选了一条路，"沙斯塔对自己说，"他也许会走另一条路；而如果我待在岔路口不动，肯定会被抓住。"他翻身下马,牵着马,以最快的速度走上了右边那条路。

骑兵的声音迅速逼近,一两分钟后,沙斯塔知道,他们已经到了岔路口。他屏住呼吸,等着看他们会走哪条路。

传来一声低沉的命令:"停!"接着是一阵马的骚动声——鼻孔在喷气,蹄子在刨地,马嚼子被嚼响,马脖子被拍打。然后,一个声音响起来了。

"大家都注意了。"那声音说,"我们现在离城堡不到两百米。记住给你们的命令。我们要在日出时分到达纳尼亚,到了那里,你们要尽量少杀人。在这次冒险中,你们要把纳尼亚人的每一滴血看得比你们自己的一加仑血还要珍贵。我说的是在这次冒险中。今后,诸神会赐予我们更快乐的时光,到了那时,在凯尔帕拉维尔城和西部荒原之间,你们不得留下任何活着的东西。但是我们还没有到达纳尼亚。在阿钦兰这里,情况完全不同。在进攻伦恩国王的城堡时,除了速度,其他都不重要。拿出你们的勇气来吧。一小时内,城堡必须归我所有。如果真能做到,我会把它全都送给你们,不为自己保留

任何战利品。把城里所有的野蛮男人都给我杀掉,包括昨天刚出生的孩子,剩下的东西都是你们的,你们想怎么分就怎么分 —— 女人、金子、珠宝、武器,还有美酒。到达城门时,如果我看到有人畏缩不前,他就会被活活烧死。以不可抗拒、不可阻挡的塔什神的名义,前进!"

随着一阵杂沓的马蹄声,队伍开始移动,沙斯塔恢复了正常呼吸。他们走的是另一条路。

沙斯塔感觉他们用了很长时间才走过去,虽然他整天都在谈论和琢磨"两百匹马的骑兵队",但并没有意识到那到底是多大规模。终于,声音渐渐消失了,只剩下他一个人置身于树林的滴水声中。

他知道了去安瓦德的路,但现在当然不能去:那意味着落入拉巴达什士兵的手中。"我到底该怎么办呢?"沙斯塔暗自想道。他重新骑上马,顺着他选择的那条路继续往前走,心里隐约希望能找到一间小屋,他可以央求进去避避风雨,吃点东西。当然,他也想过回到隐居地去找阿拉维斯、布里和赫温,但他做不到,因为他已经完全失去了方向。

"反正，"沙斯塔说，"这条路终归会通向某个地方。"

但是，这就完全要看你说的某个地方是什么意思了。这条路一直通到的那个地方，似乎树木越来越多，全都黑黢黢的，"嗒嗒"地滴着水，空气也越来越冷。奇怪的、寒冷刺骨的风，不断地把薄雾吹过他身边，却始终没有把雾吹散。如果他对山区很熟悉，就会知道，这意味着他所在的位置已经很高——也许到了山的最顶上。但是沙斯塔对山区一点也不了解。

"我真的认为，"沙斯塔说，"我肯定是全世界从古到今最倒霉的孩子。除了我，每个人都很顺利。纳尼亚的老爷和夫人们都平平安安离开了塔什班城；我却落在了后面。阿拉维斯、布里和赫温都舒舒服服地跟老隐士待在一起。不用说，我是被派出来跑腿的。在拉巴达什到达之前，伦恩国王和他的手下肯定早就安全进入城堡，关上了城门，却把我留在外面。"

他觉得非常疲惫，肚子里什么东西也没有，他为自己感到难过，眼泪顺着脸颊滚落下来。

突然，他受到惊吓，停止了这些想法。沙斯塔发觉

马和男孩

有个什么人走在他身边。四下里一片漆黑,他什么也看不见。那家伙(或那个人)走路那么轻,他几乎听不到脚步声,只能听到喘气的声音。这位看不见的同伴喘起气来简直惊天动地,沙斯塔觉得对方肯定是一个庞然大物。他是逐渐才注意到这种喘气声的,所以不知道它已经存在了多久。这实在是太吓人了。

他突然想起,很久以前就听说过,这些北方国家有巨人。他吓得咬住了嘴唇。现在,真的有理由哭泣时,他却不哭了。

那东西(也许是个人)在他身边静悄悄地走着,沙斯塔开始希望这只是他的幻觉。然而,就在他快要相信是幻觉的时候,身边的黑暗中突然传来一声深深的叹息。这不可能是幻觉!而且,他还感觉到那声叹息把热气喷到了他冰冷的左手上。

如果这匹马还能派上用场——或者,如果他知道怎样让这匹马派上用场——他会冒着一切风险骑马狂奔。然而,他知道他没法让这匹马狂奔。于是,他继续以步行的速度往前走,那个看不见的同伴在他身边行走、喘气。最后,他终于忍受不住了。

"你是谁呀?"他说,声音比耳语高不了多少。

"一个等你说话等了很久的人。"那东西说。嗓门不大,但十分低沉浑厚。

"你是——你是巨人吗?"沙斯塔问。

"你可以叫我巨人。"粗嗓门说,"但我不是你所说的那种巨人。"

"我根本就看不见你。"沙斯塔使劲地看了又看,说道。然后(他脑海里突然冒出一个更可怕的念头),他几乎是尖叫着说,"你该不是——该不是什么死魂灵吧,啊?哦,求求你——求求你走开吧。我到底是怎么得罪你了?哦,我真是全世界最倒霉的人啊!"

他又一次感觉到那东西把热乎乎的气息喷在他的手上和脸上。"怎么样,"对方说,"这可不是幽灵的气息。把你的烦心事告诉我吧。"

这气息让沙斯塔稍稍放下心来,他开始讲述:自己从来不知道亲生父母是谁,是由渔夫严厉地抚养长大的。他讲述了自己逃跑的经历,以及他们怎样被狮子追赶,

马和男孩

被迫游泳逃命;他还讲了塔什班城的所有危险,他在陵墓里度过的那个夜晚,以及沙漠里的野兽怎样冲他嚎叫。接着,他讲了他们穿越沙漠时的炎热和口渴,以及,当他们快要到达目的地时,另一头狮子怎样追赶他们,还抓伤了阿拉维斯。更糟糕的是,他已经很长时间没有吃东西了。

"我不认为你倒霉。"粗嗓门说。

"碰到这么多的狮子,你还不认为是倒霉吗?"沙斯塔说。

"只有一头狮子。"那声音说。

"你这是什么意思?我刚才跟你说了,第一天夜里就至少有两头,然后——"

"只有一头;但他健步如飞。"

"你怎么知道?"

"我就是那头狮子。"沙斯塔吃惊得张大了嘴巴,说不出话来,那声音继续说道,"我就是强迫你与阿拉维斯同行的那头狮子。我就是在死人陵墓里安慰你的那只猫。我就是在你睡觉时把狼赶走的那头狮子。我就是在最后一英里给两匹马注入恐惧力量的那头狮子，只为了让你们及时赶到伦恩国王那里。我就是那头你已经不记得的狮子，当你儿时躺在船上、奄奄一息的时候，是我把船推到岸边，有个男人坐在那里，半夜还醒着，只为了迎接你。"

"那么，是你抓伤了阿拉维斯？"

"是我。"

"为什么呢？"

"孩子，"那声音说，"我给你讲的是你的故事，不是她的故事。我只给别人讲他自己的故事。"

"你是谁？"沙斯塔问。

"我自己。"那声音说，声音十分低沉浑厚，震得大地都在发抖。接着，他又说了一遍"我自己"，声音响亮、清晰而欢快。然后，他说了第三遍"我自己"，声音轻得几乎听不见，但似乎来自周围各个地方，似乎树叶也随之沙沙作响。

沙斯塔不再害怕这声音属于某个要吃掉他的东西，也不再害怕这是幽灵的声音。一种新的、不同的颤抖朝

马和男孩

他袭来，但他同时也感到高兴。

雾从黑色变成灰色，又从灰色变成白色。这变化肯定开始了一段时间，但沙斯塔一直在跟那东西说话，什么也没有注意到。此刻，周围的白色变成了闪闪发光的白色；他不由得眨巴眼睛。他听到前面什么地方有鸟儿在歌唱，他知道这个夜晚终于结束了。现在他可以清楚地看到马的鬃毛、耳朵和脑袋了。一道金光从左边照在他们身上。他以为是阳光。

他转过身，看见一头狮子在他身边踱步，体形比马高大。那匹马似乎并不怕他，也可能根本看不见他。那金光就是从狮子身上发出来的。没有人见过比这更可怕或更美丽的东西。

幸运的是，沙斯塔一直住在卡乐门南部很远的地方，没有听到塔什班城里流传的那个传说：

有一个可怕的纳尼亚恶魔化身为一头狮子。不用说，他一点也不了解阿斯兰的真实故事：阿斯兰是伟大的狮王，海上大帝的儿子，是纳尼亚所有国王之上的最高国王。但是沙斯塔看了一眼狮子的脸，就赶紧从马鞍上滑下来，拜倒在狮子脚边。他说不出一句话，也不想说话，他知道，自己什么都不用说。

所有国王之上的最高国王朝他俯下身来。他的鬃毛，以及鬃毛上散发的那种奇异而庄严的香味，把沙斯塔包围了。他用舌头碰了碰沙斯塔的额头。沙斯塔抬起脸来，他们四目相对。立刻，薄雾的白光和狮子的炽热光芒交织在一起，形成一个光的旋涡，然后凝聚起来，一同消失了。蓝蓝的天空下，沙斯塔和马独自站在绿草茵茵的山坡上。周围鸟儿在歌唱。

第12章　沙斯塔在纳尼亚

"这都是在做梦吗？"沙斯塔疑惑地问。但这不可能是梦，因为在面前的草地上，他看见狮子右前爪留下的深深的大印。能留下这样一个大脚印，那身体得有多重，简直让人想想都喘不过气来。不过还有一件事，比脚印的大小更值得注意。就在沙斯塔看着那个脚印的时候，水填满了它的底部。很快，水就满得从边上溢了出来，然后一条小溪从他身边流过，在草地上流淌。

沙斯塔俯下身去喝水——喝了很长时间——他把脸浸在水里，往脑袋上泼水。溪水寒冷刺骨，像玻璃一样清澈，让他顿时感到神清气爽。然后，他站起来，抖掉耳朵里的水，把额头上湿漉漉的头发往后一甩，开始观察周围的环境。

显然,时间还非常早。太阳刚刚升起,是从他右边远处那一片片低矮的森林中升起来的。他眼前看到的景致对他来说绝对是全新的。这是一片翠绿色的山谷,树木点缀其间。他透过树木的间隙,看见一条波光闪烁的河流,蜿蜒地向西北方向奔流而去。山谷的另一边,是一些高高的、布满岩石的山丘,但比他昨天看到的那些山脉要低。然后他开始猜测自己在哪里。他转过身,看了看身后,发现他站的这道山坡属于一系列更高的山脉。

"我明白了。"沙斯塔对自己说,"那些就是阿钦兰和纳尼亚之间的大山。我昨天在它们的另一边。我一定是夜里穿过了山隘。我竟然走过来了,运气真不错!——其实这根本不是什么运气,而是多亏了'他'。现在我已经在纳尼亚了。"

他转过身,给马解下马鞍,拿掉缰绳——"虽然你是一匹特别糟糕的马。"他说。马没有理会这句话,立即开始吃草。这匹马压根儿就瞧不上沙斯塔。

"真希望我也能吃草啊!"沙斯塔想,"回安瓦德去

没有什么用,城堡会被围困的。我最好到下面的山谷去,看能不能搞到一些吃的。"

于是,他往山下走(他光着脚,浓重的露水冰冷刺骨),一直走进一片树林里。有一条小路穿过树林,他在小路上刚走了几分钟,就听见一个粗哑的、有点呼哧呼哧的声音在对他说话。

"早上好啊,邻居。"

沙斯塔急切地东张西望,想找到说话的人,很快,他就看见了一个黑脸膛、满身是刺的小个子,是刚从树林里钻出来的。作为一个人来说,他个头很小,但作为一只刺猬来说就很大了,而他就是一只刺猬。

"早上好。"沙斯塔说,"但我不是邻居。实际上,我对这片土地很陌生。"

"啊?"刺猬好奇地问。

"我是翻山越岭过来的——其实,我来自阿钦兰。"

"哈,阿钦兰。"刺猬说,"那可离得很远呢。我自己从来没去过。"

"我想,"沙斯塔说,"也许应该让人知道,有一支野

蛮的卡乐门军队此刻正在进攻安瓦德。"

"不会吧!"刺猬回答道,"嗯,仔细想想吧。他们都说卡乐门远在千里之外,在世界的最尽头,中间要穿过一片浩瀚的沙海。"

"远没有你想的那么远。"沙斯塔说,"安瓦德被袭击了,难道不应该采取什么措施吗？难道不应该告诉你们的至尊王吗？"

"当然应该,当然应该采取措施。"刺猬说,"可是你要知道,我正打算上床美美地睡上一天呢。喂,邻居!"

最后一句话是对一只巨大的淡褐色兔子说的,他刚从小路边的什么地方探出脑袋。刺猬立刻把从沙斯塔那里得知的情报告诉了兔子。兔子认为这是一个非常重要的消息,应该有人去通知什么人,以便采取点措施。

就这样,每过几分钟,就有别的动物加入进来,有的来自头顶的树枝上,有的来自脚下的地底小屋。最后,这支队伍里包括五只兔子、一只松鼠、两只喜鹊、一个长着羊脚的农牧神,还有一只老鼠,大家七嘴八舌地抢着说话,都很赞成刺猬的意见。因为事实是,在那个黄金时代,女巫和严冬已经一去不复返,至尊王彼得统治着凯尔帕拉维尔城堡,纳尼亚的林地小居民们生活得非常安全和幸福,渐渐地就有些掉以轻心了。

没过一会儿,就有两个更务实的居民来到小树林里。一个是红矮人,名字似乎叫达夫。另一个是一只雄鹿,一种美丽而高贵的动物,大大的眼睛水汪汪的,身体上有花斑,四条腿那么纤细和优雅,似乎用两根手指就能折断。

"狮子还活着!"矮人一听到消息就吼了起来,"如果是这样,为什么我们都站着不动,净说些废话呢?敌人到了安瓦德!必须立刻把这消息送到凯尔帕拉维尔城堡。必须召集军队。纳尼亚必须帮助伦恩国王。"

"啊!"刺猬说,"但在凯尔帕拉维尔是不会找到至尊王的。他到北方去讨伐巨人了。说到巨人,邻居们,我突然想起了——"

"谁给我们去送情报?"矮人打断了他的话,"这里有谁比我跑得快吗?"

"我跑得快。"雄鹿说,"要送什么情报?卡乐门士兵有多少人?"

"两百匹马的骑兵队,由拉巴达什王子率领。还有——"可是雄鹿已经走了——四条腿同时从地面腾空,一眨眼间,那雪白的鹿尾就消失在远处的树林里。

"不知道他会去哪里。"一只兔子说,"要知道,在凯尔帕拉维尔城堡是找不到至尊王的。"

"他会找到露西女王。"达夫说,"然后——咦!那个人类怎么了?他看上去脸色发青。哎呀,我觉得他身体肯定很虚弱。也许是饿得快要死了。小家伙,你上次吃饭是什么时候?"

"昨天早上。"沙斯塔有气无力地说。

"快走，那就快走吧。"矮人说着，立刻用他粗粗的小胳膊搂住沙斯塔的腰，搀扶着他。"哎呀，邻居们，我们应该为自己感到丢脸！你跟我来，小伙子。吃早饭！比说话管用。"

矮人一边忙得团团转，一边嘟嘟囔囔地责怪自己，他半引半扶着沙斯塔，以很快的速度走进森林深处，又往山下走了一点。此时此刻，沙斯塔根本不想走这么远，没等他们离开树林，来到那个光秃秃的山坡上，他就感到双腿抖得很厉害了。他们在山坡上发现一座小房子，烟囱里冒着烟，一扇门开着。他们走到门口时，达夫大声喊道：

"嘿，兄弟们！有客人来吃早饭了。"

紧接着，沙斯塔就闻到一股特别好闻的香味儿，还伴随着油煎食物的咝咝声。他这辈子从没闻过这么诱人的气味，但我希望你闻过。事实上，那是熏肉、鸡蛋和蘑菇在平底锅里油煎时发出的味道。

"当心脑袋，孩子。"达夫说得太迟了点，沙斯塔的额头已经撞在低矮的门楣上了。"好了，"矮人继续说道，

"坐下吧。桌子对你来说有点矮，但凳子也很矮。这就没问题了。这是麦片粥——这是奶油——这是勺子。"

沙斯塔刚喝完麦片粥，矮人的两个兄弟（他们的名字是罗金和布里克森姆）又把一盘熏肉、鸡蛋和蘑菇，以及咖啡壶、热牛奶和烤面包端上了桌。

对沙斯塔来说，这一切都是新鲜而奇妙的，因为卡乐门的食物跟这些完全不一样。他甚至不知道那一片片褐色的东西是什么，他以前从来没见过烤面包。他也不知道抹在烤面包上的那种软软的、黄色的东西是什么，因为在卡乐门，你得到的几乎永远是油而不是黄油。至于这座房子，和阿西什那间昏暗、肮脏、有鱼腥味儿的小屋子完全不同，也和塔什班城宫殿里那些有柱子和地毯的大厅完全不同。它的屋顶很低，所有的东西都是木头做的，有一个布谷鸟钟，一块红白格子桌布，一盆野花，厚厚的玻璃窗上挂着小窗帘。矮人的那些杯子、盘子和刀叉，用起来都很费劲。这意味着每份食物量很少，但份数特别多，因此沙斯塔的盘子和杯子每时每刻都在被加满，矮人们也每时每刻都在说："请来点黄油"或

马和男孩

"再来一杯咖啡",或"再吃几个蘑菇"或"要不要再煎一个鸡蛋?"最后,大家都饱得再也吃不下时,三个矮人抽签决定谁去洗碗,罗金成了那个倒霉蛋。然后,达夫和布里克森姆把沙斯塔带到屋外墙边的一条长凳上,大家全都伸开腿,心满意足地长舒一口气,两个矮人点燃了烟斗。青草上的露水消失了,阳光暖融融的。是啊,要不是有一股微风徐徐吹来,天气就太热了。

"好了,陌生人,"达夫说,"我带你看看这片土地的地形吧。从这里几乎可以看到整个纳尼亚南部,我们很为这里的景色感到骄傲。就在你的左边,越过近处的那些山丘,你能看到西部的山脉。你右边的那座圆形小山叫石桌山。再过去——"

就在这时,他被沙斯塔的鼾声打断了,沙斯塔经过一夜的长途跋涉,又美美地吃了一顿早餐,已经香甜地睡着了。几个好心的矮人发现了这点,就开始互相打着手势,示意不要吵醒他,同时却不停地窃窃私语,点头,并且站起身,踮着脚离开,如果沙斯塔不是那么累的话,肯定就被他们吵醒了。

他睡得很沉——几乎睡了整整一天,但正好在吃晚饭的时候醒来了。房子里的几张床对他来说都太小了,他们在地板上用欧石楠给他铺了一张舒服的床,他整夜都没有翻身,也没有做梦。第二天早晨,刚吃完早饭,就听到外面传来一个尖锐的、令人兴奋的声音。

"号角声!"几个矮人同时说道,他们和沙斯塔都跑了出去。

号角声又响起来了:对沙斯塔来说,这是一种新的声音,不像塔什班城的号角那样洪亮、庄严,也不像伦恩国王的狩猎号角那样欢快、喜悦,而是清晰、尖锐,充满勇气。声音从树林里一直传到东方,不一会儿,就传来马蹄声。片刻之后,队伍的前端就出现了。

首先出现的是佩里丹爵士,他骑着一匹枣红马,举着纳尼亚的大旗——绿底色上有一头红色的狮子。沙斯塔一眼就认了出来。然后并排骑过来三个人,两人骑着大战马,一人骑着小矮马。骑大战马的两人是埃德蒙国王和一位金发女士,她笑容满面,戴着头盔,穿着锁子甲,肩上挎着弓,身旁挎着一个装满箭的箭袋。("露西女王。"达夫小声说道。）而骑小矮马的那个人是科林。在那之后就是大部队了：有的人骑着普通马，有的人骑着会说话的马（在适当的场合，比如纳尼亚打仗的时候，这些马并不介意被人骑着），还有马人，凶悍的、不好对付的熊，会说话的大狗，最后是六个巨人，因为纳尼亚有一些善良的巨人。沙斯塔虽然知道这些巨人的立场是对的，但一开始还是不太敢正视他们；有些事情是需要很长时间才能适应的。

国王和女王来到小房子前面，几个矮人朝他们深深地鞠躬，这时，埃德蒙国王大声喊道：

"好了，朋友们！现在该停下来吃点东西了！"现场顿时一片忙乱，人们纷纷下马，打开干粮袋，开始互相说话，这时，科林跑到沙斯塔身边，抓住他的双手，叫了起来：

"哎呀！你在这儿！所以你顺利脱身了？我太高兴了。现在我们可以找点乐子啦。是不是很幸运？我们是昨天早晨才在凯尔帕拉维尔城堡进港的，第一个来接我们的就是雄鹿彻维，他带来了安瓦德遭到袭击的消息。

你认为——"

"殿下的这位朋友是谁呀？"刚下马的埃德蒙国王问。

"你看不出来吗，陛下？"科林说，"他跟我长得一模一样：你在塔什班城把他错当成了我。"

"啊，他果然跟你长得一模一样。"露西女王惊叫道，"简直像一对双胞胎。这件事太奇妙了。"

"陛下，请听我说，"沙斯塔对埃德蒙国王说，"我不是叛徒，真的不是。我无意中听到了你们的计划。但我做梦也没有想过把它们透露给你的敌人。"

"孩子，我现在知道你不是叛徒了。"埃德蒙国王把手放在沙斯塔的头上，说道，"但是，如果你不愿意被人当成叛徒，下次就尽量不要去听不该听的话。不过一切都没事了。"

在这之后，周围一片忙碌，人们走来走去，互相交谈，有那么几分钟，沙斯塔找不见科林、埃德蒙和露西了。但科林是那种不安分的男孩，你肯定很快就会听到他的消息，不一会儿，沙斯塔就听见埃德蒙国王大声说道：

"以狮子的鬃毛起誓，王子，这太过分了！难道殿下永远不会改好了吗？你比整个军队加在一起还让人累心！我宁愿指挥一大团黄蜂也不愿管教你。"

沙斯塔慢慢地挤过人群，看见了埃德蒙，他确实显得非常生气，科林则看上去有点羞愧，还有一个陌生的矮人坐在地上，龇牙咧嘴。两个半羊人似乎正在帮他脱下盔甲。

"如果我带着我的药酒，"露西女王说，"就能药到病除。可是至尊王严格要求我，不能随便带着它去打仗，只有在非常危急的时候才能用到它！"

事情是这样的。科林刚跟沙斯塔说完话，队伍里一个叫"毛刺"的矮人就拉了拉科林的胳膊肘。

"什么事，毛刺？"科林说。

"殿下，"毛刺把他拉到一边说道，"经过今天的行军，我们会穿过山隘，直达你父王的城堡。我们可能天黑以前就要打仗了。"

"我知道。"科林说，"这不是很棒嘛！"

"棒不棒且不说，"毛刺说，"埃德蒙国王对我下了最严格的命令，务必不让殿下参加打仗。可以允许你观战，殿下年纪还小，这就够了。"

"哦，胡说八道！"科林勃然大怒，"我当然要去打仗。话说，露西女王也要和弓箭手一起去呢。"

"女王陛下可以随心所欲。"毛刺说，"但是你由我负责。你要么必须严肃而庄重地向我保证，你会让你的小矮马紧挨着我的马——绝不领先半个脖子——没有我的允许，殿下不能离开；要么——这是陛下的命令——我们必须像两个囚徒一样，把手腕绑在一起。"

"如果你敢绑我，我就把你打翻在地。"科林说。

"我倒想看到殿下这么做。"矮人说。

对于科林这样的男孩来说，是可忍孰不可忍，他立刻就拼足全力，和矮人干了起来。这本来是一场势均力敌的较量，因为科林虽然胳膊长、个子高，但矮人岁数大，体格也更壮实。然而他们根本就没打起来（在崎岖的山坡上打架是最难的），因为毛刺运气不好，一脚踩在松动的石头上，鼻子着地，摔了个狗啃泥。当他想站起来时，却发现扭伤了脚脖子：扭得非常厉害，至少两个星期都不能走路或骑马了。

"看看殿下做的好事吧。"埃德蒙国王说,"眼看就要打仗了,却让我们损失了一名久经沙场的战士。"

"我来顶替他,陛下。"科林说。

"哼,"埃德蒙说,"没有人怀疑你的勇气。但让一个男孩参加战斗,只会给自己人带来危险。"

就在这时,国王被叫去处理其他事情了,科林很大度地向矮人道了歉,然后冲到沙斯塔面前,低声说道:

"快。现在有一匹备用的小矮马,还有矮人的盔甲。趁别人还没注意,赶紧穿上。"

"为什么?"沙斯塔问。

"哎呀,当然是为了让你和我能参加战斗啦!你不愿意吗?"

"哦——啊,愿意,当然愿意。"沙斯塔说。其实他根本就没想过要这么做,他的后背上冒出一种非常难受的刺痛感。

"这就对了。"科林说,"把它套在头上。现在佩上剑带。我们必须骑马靠近队伍的尾部,像老鼠一样悄不作声。一旦战斗打响了,大家就都忙得顾不上注意我们了。"

第13章　安瓦德之战

十一点钟左右，骑兵大队又开始向西进发，群山在他们左边。科林和沙斯塔骑着马，跟在最后，前面就是那些巨人。露西、埃德蒙和佩里丹都在忙着制订战斗计划，露西倒是说过一次："那个呆瓜王子殿下去哪儿了？"埃德蒙只是回答："他没有打头阵就已经是好消息了。其他就别管了。"

沙斯塔对科林讲了自己大部分的冒险经历，并解释说他骑马的技术都是跟一匹马学的，实际上还不知道怎么用缰绳呢。科林把他们坐船秘密离开塔什班城的经过告诉了他，还教了他怎么用缰绳。

"苏珊女王在哪儿呢？"

马和男孩

"在凯尔帕拉维尔城堡。"科林说,"你知道,她跟露西不一样,露西像男子汉一样棒,至少不比男孩子差。苏珊女王更像长大成人的普通女士。她虽然是个出色的弓箭手,但从不骑马去打仗。"

他们顺着山腰上的小路往前走,小路越来越窄,右手边的山坡也越来越陡。最后,他们排成一列,沿着悬崖的边缘走,沙斯塔想到自己昨晚在不知的情况下走过这条路,不禁打了个寒战。"不过,当然啦,"他想,"我当时很安全。怪不得狮子一直走在我的左边呢。他一直挡在我和悬崖之间呀。"

接着,小路向左和向南一拐,离开了悬崖,两边都是茂密的树林,他们沿着陡峭的山路往上走,一直走到山口。如果山口是一片开阔地,从顶上往下看,景色一定非常壮丽,然而置身于茂密的树丛中间,你什么也看不见——只偶尔看见树梢上突起一些巨大的石峰,还有一两只鹰在蓝色的高空中盘旋。

"它们嗅到了打仗的气息。"科林指着那些鹰说,"它们知道,我们在给它们准备食物呢。"

沙斯塔一点也不喜欢这一幕。

他们穿过山口，又往下走了很长一段路，来到一片比较开阔的地方。从这里，沙斯塔可以看到阿钦兰的全貌，蓝色的，雾蒙蒙的，在他的脚下延伸，甚至（他认为）还能看见远处沙漠的影子。不过，离太阳落山大概还有两个小时，阳光直射着眼睛，他什么也看不清。

队伍在这里停下来，排成一大排，又做了大规模的调整。一大群看上去很危险的会说话的野兽——沙斯塔之前都没有注意到——咆哮着走过去，占据了左边的位置，他们大多是猫科动物（黑豹、花豹之类）。巨人们奉命往右走，走过去之前，都把背上驮着的东西卸下来，坐了一会儿。沙斯塔这时才看到，他们刚才背着、现在正穿上的是靴子：沉重的，底部有尖钉，长及膝盖，看着很吓人。然后，他们把大棒斜扛在肩上，迈开大步，走向阵地。露西女王和弓箭手们落在后面，你先是看到他们在拉弓，接着听到他们试弦时发出的砰砰声。你不管往哪儿看，都能看到人们在系腰带，戴头盔，拔宝剑，把斗篷扔在地上。此时此刻，几乎没有人说话。场面非

常庄重,令人生畏。"我现在没有退路了——我现在真的没有退路了。"沙斯塔想。接着,前方传来了声音:许多人的呼喊声和持续不断的砰砰声。

"是攻城槌。"科林低声说,"他们正在砸城门。"

此刻,就连科林都变得很严肃了。

"埃德蒙国王为什么还不上马?"他说,"我真受不了这样干等。而且好冷啊。"

沙斯塔点点头,他心里怕得要命,希望表面上不要显露出来。

号角终于吹响了!现在出发——骑兵队一路小跑,旗帜在风中猎猎飘扬。他们已经爬上了低矮的山脊,下面的景色豁然开朗。一座带有许多尖塔的小城堡,大门正对着他们。不幸的是,没有护城河,但大门当然是关着的,吊闸门也合上了。他们看到城墙上那些守军的脸,就像一个个小白点。下面,大约五十名卡乐门士兵下了马,正稳稳地用一根大树干撞向大门。但场面立刻发生了变化。拉巴达什的主力队伍已经准备徒步进攻城门,此刻,纳尼亚人从山脊上冲下来。毫无疑问,这些卡乐门士兵都是训练有素的。沙斯塔觉得只是短短一秒钟后，整个敌军阵线就又骑上马背，转过身来，迎战他们，乌泱乌泱地朝他们扑来。

此刻是在飞奔了。两军之间的距离每分每秒都在缩小。快一点，再快一点。现在，所有的剑都拔了出来，所有的盾牌都举到了鼻子前，所有的祈祷都念过了，所有的牙齿都咬紧了。沙斯塔已经吓破了胆。但是他突然想道："如果你这次退缩了，你这辈子每一场战斗就都会退缩。一不做二不休，拼了。"

可是，当两军终于相遇的时候，他根本不知道到底发生了什么。场面一片大乱，还伴随着特别可怕的噪音。他手里的剑很快就被打掉了。而且不知怎的，他还把缰绳缠在了一起。接着，他发现自己滑下马去。随即，一支长矛直朝他刺来，他闪身躲避时，从马上滚了下来，左手的指关节狠狠地撞在了别人的盔甲上，然后——

不过从沙斯塔的角度来描述这场战斗是没有意义的；他几乎不怎么了解总体的战况，甚至对自己在其中扮演的角色也不明白。要想告诉你真正的战况，最好的

马和男孩

办法就是把你带到几英里之外,那位南征的隐士正坐在那里,凝视着那棵枝繁叶茂的大树下平静的水潭,布里、赫温和阿拉维斯陪在他身边。

每当隐士想知道隐居地绿色围墙之外的世界所发生的事情时,就会凝望这个水潭。水潭就像镜子一样,在特定的时间里,他可以从中看到比塔什班城更往南的城市街道上正在发生什么,看到遥远的七座岛上有什么船只正在驶入红港,看到在灯柱荒林和台尔马之间的西部大森林里,有什么强盗或野兽在出没。这一整天,他几乎都没有离开过水潭边,甚至没有动身去吃饭喝水,因为他知道,阿钦兰正在发生一件天大的事情。阿拉维斯和两匹马也凝视着水潭。他们看出,这是一个有魔法的水潭:它没有树和天空的倒影,而是有一些雾蒙蒙的、彩色的形象在水潭的深处不断移动。然而他们什么也看不清楚。隐士能看清,他不时地把看到的情形告诉他们。沙斯塔骑马参加的第一次战斗之前不久,隐士就这样说道:

"我看见一只——两只——三只鹰,在风暴顶旁边的罅隙里盘旋。其中一只是所有鹰中年龄最大的。它一般不会出来，除非战斗即将打响。我看见它飞来飞去，有时向下凝视安瓦德，有时向东凝视风暴顶后面的地方。啊——我现在知道拉巴达什和他的部下一整天都在忙什么了。他们砍倒了一棵大树，正把它从树林里搬出来，拿它当攻城槌呢。他们从昨晚的袭击失败中吸取了教训。如果他当时派手下的人做梯子就聪明多了，但做梯子时间太长，他没有那个耐心。真是个傻瓜！第一次进攻失败后，他应该立刻骑马返回塔什班城，因为他的整个计划都取决于速度和出其不意。此刻，他们正在把攻城槌就位。伦恩国王的士兵从城墙上拼命地射箭。五个卡乐门士兵中箭倒地，但不会有太多人倒下。他们头顶上有盾牌。拉巴达什正在下达命令。跟他在一起的是他最信任的领主，那些来自东部省份的泰坎们骁勇威猛，我能看见他们的脸。有托芒城堡的考拉丁、阿兹鲁尔、奇拉马什、歪嘴伊加木斯，还有一个留着大红胡子的高个子泰坎——"

"天哪，是我的老主人安拉丁！"布里说。

"真——真——真狡猾。"阿拉维斯说。

马和男孩

"现在开始用攻城槌砸门了。如果我还能听见的话,那声音该是多么震耳欲聋啊!一下接着一下:没有一座城门能永远顶得住。可是,等等!暴风顶上有什么东西,把鸟儿给惊着了。它们大群大群地飞出来了。再等等……我还看不太清……啊!现在看清了。东边的整个山脊上,都是黑压压的骑兵。要是风能吹动那面旗子,让它展开一些就好了。他们已经翻过山脊了,天知道他们是谁。啊哈!我看到那面旗子了。纳尼亚啊,纳尼亚!是那面红狮旗。他们现在全速冲下山去了。我看见了埃德蒙国王。后面的弓箭手中间还有一个女人。哦!——"

"怎么啦?"赫温屏住呼吸问。

"他所有的猫科动物都从队伍左边冲了出去。"

"猫科动物?"阿拉维斯说。

"大猫,豹子之类的家伙。"隐士不耐烦地说,"我明白了,我明白了。猫科动物正围成一圈,攻击那些士兵的马。这一招真妙。卡乐门的那些马已经吓疯了。现在猫科动物已经蹿到马匹中间了。但是拉巴达什重新调整了队伍，让一百个人骑上了马。他们要骑马迎战纳尼亚人。现在两支队伍只隔着一百码。只隔着五十码了。我看见埃德蒙国王了，我看见佩里丹爵士了。纳尼亚的队伍中还有两个小孩子。国王是怎么想的，竟然让他们去打仗？只有十码——两支队伍碰上了。纳尼亚人右边的巨人在创造奇迹……可是有一个倒下了……我猜是一只眼睛被射穿了。战场的中心一片混乱。左边的情况我能看到多一些。又是那两个男孩。狮子万岁！一个是科林王子。另一个跟他长得一模一样。是你们的那个小沙斯塔。科林像男子汉一样战斗。他杀死了一个卡乐门士兵。现在我能看到一点战斗的中心了。拉巴达什和埃德蒙差点就相遇了，但拥挤的人群把他们分开——"

"沙斯塔怎么样了？"阿拉维斯问。

"哦，这个傻瓜！"隐士轻声叫道，"可怜的、勇敢的小傻瓜。他做这件事完全是个外行。他根本没有用上盾牌。半个身体都暴露在外。他压根儿不知道该怎么用剑。哦，他现在想起来了。他疯狂地乱挥乱砍……差点儿把他那匹小矮马的头给砍下来，如果他不小心的话，

这也是分分钟的事。现在他手里的剑已经被打掉了。把一个孩子送上战场简直就是谋杀；他活不过五分钟。快躲啊，你这傻瓜——哦，他掉下去了。"

"死了？"三个声音屏住呼吸问。

"我怎么知道呢？"隐士说，"那些猫科动物完成了他们的工作。现在，所有没人骑的马不是死了就是逃走了；骑在马上的卡乐门士兵也没有了退路。现在猫科动物又回到了主战场。他们扑向了那些攻城的人。攻城槌落地了。哦，好！太好了！城门从里面打开：有人要出来了。先走出了三个人。中间是伦恩国王，两边分别是达尔和达林兄弟，后面是特兰、沙尔，还有柯尔和他的弟弟柯林。现在已经有十个——二十个——差不多三十个人出来了。卡乐门人的防线被逼着退向他们。埃德蒙国王潇洒地左劈右砍。他刚砍下了考拉丁的头。许多卡乐门士兵已经丢掉武器，向树林跑去。那些留下来的人陷入了困境。巨人们从右边逼近——猫科动物从左边逼近——伦恩国王从后面逼近。卡乐门士兵现在聚成一小团，背靠背地战斗。布里，你的那个泰坎倒下了。伦恩和阿兹鲁尔正在展开肉搏战；国王眼看就要赢了——国王防御得很好——国王赢了。阿兹鲁尔倒下了。埃德蒙国王倒下了——不，他又起来了：他在跟拉巴达什搏斗。他们就在城堡的大门口较量。几个卡乐门士兵投降了。达林杀死了伊加木斯。我看不见拉巴达什怎么样了。可能已经死了，倒在城堡的墙边，但我不知道。奇拉马什和埃德蒙国王还在搏斗，但其他地方的战斗已经结束。奇拉马什投降了。战斗结束了。卡乐门士兵被彻底打败了。"

沙斯塔从马上摔下来时，以为自己完蛋了。但是马，即使是在战场上，也不会像你想象的那样践踏人类的身体。过了极度可怕的十分钟后，沙斯塔突然意识到，他的近旁再也没有马蹄在奔踏，那些喧闹声（仍然还有许多噪音）也不再是战斗的声音了。他坐起来，打量着四周。他虽然对战争几乎一无所知，但也很快就看出阿钦兰人和纳尼亚人取得了胜利。他看到，那些活着的卡乐门士兵已成为俘虏，城堡的大门敞开着，伦恩国王和埃德蒙国王正隔着攻城槌握手呢。周围的领主和士兵们中

间,传来一阵兴奋得喘不过气来,但显然很愉快的谈话声。然后,所有的声音都突然聚在一起,爆发出一片惊天动地的大笑。

沙斯塔从地上站起来,感觉身体异常僵硬,他朝声音跑去,想看看大家为什么事发笑。他看到了一幕非常奇怪的景象。倒霉的拉巴达什似乎被悬挂在了城堡的墙上。他的两只脚离地约莫两英尺,拼命地踢蹬着。他的锁子甲不知怎的被吊了上去,紧紧地勒在腋下,遮住了他的半张脸。事实上,他看上去就像一个人正在穿一件挺括的、有点嫌小的衬衫。据后来所知(可以肯定,这个故事被人们热烈讨论了许多天),事情的经过大致是这样。战斗刚开始时,一个巨人用尖刺靴在拉巴达什身上不成功地踩了一脚:不成功是因为没有把拉巴达什踩扁——巨人原本是想这么做的;但这一脚也不是完全没用,因为一根尖刺撕裂了锁子甲,就跟我们撕裂一件普通的衬衫一样。因此,当拉巴达什在城门口遭遇埃德蒙的时候,他的锁子甲后面有一个洞。埃德蒙把他逼得越来越靠近墙边,他就跳上一块固定板,站在上面,向埃德蒙发起雨点般的猛击。可是后来，他发现自己所处的位置高出了其他人的头顶，成为纳尼亚人射出的每一支箭的靶子，他决定再跳下去。他想让自己的身姿和声音显得——毫无疑问，他一时间确实显得——非常威猛、非常可怕，他一跃而起，大声喊道："塔什神的闪电从天而降。"但他不得不往旁边跳，因为前面挤满了人群，他没法在那个方向落地。于是，他锁子甲后面的那道裂口，就以你所希望的最干脆利落的方式，被墙上的钩子钩住了。（很久以前，这钩子上有一个用来拴马的圆环。）他发现自己就像一件挂起来晾干的衣服，每个人都在嘲笑他。

"放我下去，埃德蒙。"拉巴达什号叫道，"放我下去，像国王和男子汉一样跟我较量；如果你是个大懦夫，没有胆量那么做，就立刻杀了我吧。"

"没问题。"埃德蒙国王说，但伦恩国王打断了他的话。

"陛下，请原谅。"伦恩国王对埃德蒙说，"别这么做。"然后，他转向拉巴达什，说道："殿下，如果你一星期前提出这个挑战，我可以向你保证，在埃德蒙国王

的统治范围内,从至尊王到最小的会说话的老鼠,谁也不会拒绝。但是,在和平时期,你无缘无故攻击我们的安瓦德城堡,这证明你不是一个骑士,而是一个背信弃义的人。你只能被刽子手鞭打,而不配与一个有荣誉感的人决斗。把他弄下来,用绳子绑住,带进城里去,等我们尽情欢乐了再说。"

几只有力的手从拉巴达什手里夺走了他的剑,然后,他拼命喊叫着、威胁着、咒骂着,甚至号啕大哭着,被带到城堡里去了。他虽然可以面对酷刑,却无法忍受别人的嘲笑。在塔什班城的时候,每个人都很重视他。

就在这时,科林跑到沙斯塔面前,抓住他的手,拖着他朝伦恩国王走去。"他在这儿,父亲,他在这儿。"科林叫道。

"是啊,你终于来了。"国王用非常生硬的声音说,"而且还参加了战斗,完全不服从管教。一个让父亲心碎的孩子! 在你这个年纪,屁股上挨棍子比手里拿宝剑更合适,哈!"但是每个人,包括科林,都看得出,国王很为他骄傲。

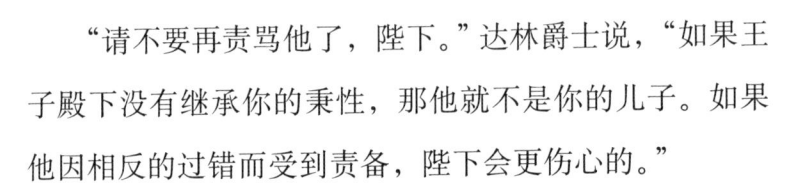

"请不要再责骂他了,陛下。"达林爵士说,"如果王子殿下没有继承你的秉性,那他就不是你的儿子。如果他因相反的过错而受到责备,陛下会更伤心的。"

"好吧,好吧。"国王嘟囔道,"这次我们就不追究了。现在——"

接下来发生的事情,就像他这辈子遇到的那些奇事一样,令沙斯塔感到十分惊讶。他突然发现伦恩国王像大熊一样,紧紧抱住了他,亲吻他的两颊。然后,国王把他放下来,说道:"孩子们,一起站在这里,让宫廷里

马和男孩

的人都看到你们吧。把头抬起来。现在,先生们,看看他们俩。还有人怀疑吗?"

沙斯塔仍然不明白,为什么每个人都盯着他和科林,也不明白大家的欢呼是为了什么。

第14章 布里怎样成为一匹智慧马

现在,必须再回来说说阿拉维斯和两匹马了。隐士望着水潭,能够告诉他们沙斯塔没有战死,甚至也没有受重伤,因为他看见沙斯塔站了起来,还看见伦恩国王亲切地跟他打招呼。可是他只能看,却听不见,所以不知道他们在说什么。一旦战斗停止,人们开始谈话,再往水潭里看就没有什么意义了。

第二天早晨,隐士还在屋里,阿拉维斯和两匹马讨论下一步该怎么办。

"我受够了这日子。"赫温说,"隐士对我们很好,我当然非常感谢他。可是我整天吃东西,也不运动,变得越来越胖,像宠物马一样。我们去纳尼亚吧。"

"哦，今天不行，女士。"布里说，"我不想仓促行事。改天吧，你说呢？"

"我们必须先见见沙斯塔，跟他告个别——还要——还要跟他道歉。"阿拉维斯说。

"没错！"布里兴致勃勃地说，"我正想说这话呢。"

"哦，当然。"赫温说，"我估计他在安瓦德。我们自然要去看看他，跟他道别。我们去安瓦德正好顺路。为什么不赶紧出发呢？毕竟我认为我们大家都想去纳尼亚，不是吗？"

"我想是的。"阿拉维斯说。她开始疑惑，到了纳尼亚究竟要做什么，不禁感到有点孤独。

"当然，当然。"布里急忙说道，"不过没必要这么着急，你们明白我的意思吧。"

"不，我不明白你的意思。"赫温说，"你为什么不想去？"

"唔——唔——唔，咳咳——咳。"布里喃喃地说，"唉，女士，你不明白吗？这是一个重要时刻——回到自己的国家——进入社交圈——最好的社交圈——给

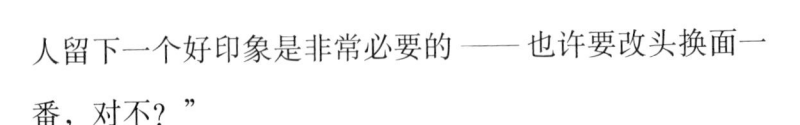

人留下一个好印象是非常必要的——也许要改头换面一番，对不？"

赫温爆发出马的笑声。"是你的尾巴，布里！我完全明白了。你是想等到尾巴长出来！我们甚至不知道纳尼亚人是不是留着长尾巴。说实在的，布里，你简直跟塔什班城的泰吉娜一样虚荣！"

"你真傻，布里。"阿拉维斯说。

"以狮王的鬃毛起誓，泰吉娜，我绝不是那种人。"布里愤怒地说，"我尊重我自己，也尊重我的同伴马，仅此而已。"

"布里，"阿拉维斯说，她对布里剪尾巴的事不太感兴趣，"很长时间以来，我一直想问你一件事。你为什么总说'以狮子的名义'和'以狮子的鬃毛'起誓呢？我还以为你讨厌狮子呢。"

"我确实讨厌狮子。"布里回答道，"我提到的'狮子'指的当然是阿斯兰，纳尼亚伟大的救世主，他赶走了女巫和严冬。所有的纳尼亚人都以他起誓。"

"但他是一头狮子吗？"

马和男孩

"不,不,当然不是。"布里用一种十分震惊的声音说。

"在塔什班城,所有关于他的故事都说他是狮子。"阿拉维斯回答道,"而且,如果他不是狮子,你为什么叫他狮子呢?"

"唉,你年纪还小,很难理解这点。"布里说,"我离开的时候还是一匹小马驹,我自己也不太理解。"

(布里说这番话的时候,背对着绿色的墙,另外两个面朝着他。他半闭着眼睛,用一种高高在上的口气说话。因此,他没有看见赫温和阿拉维斯脸上的表情起了变化。她们完全有理由张大嘴巴、瞪大眼睛;因为就在布里说话的时候,她们看见一头巨大的狮子从墙外猛地跃起,落在绿色的墙头上;比起他们见过的任何一头狮子,他黄色的身体更鲜亮、更魁梧、更美丽、更令人震惊。随即,他跳进墙里,从布里的身后靠近他,没有发出一点声音。赫温和阿拉维斯自己也发不出任何声音,就好像被冻住了一样。)

"毫无疑问,"布里继续说道,"他们把他说成一头狮子时,只是说他跟狮子一样强壮,或者(当然是对我们

209

的敌人来说）跟狮子一样凶猛。或者诸如此类。阿拉维斯，哪怕是你这样的小女孩也必须明白，如果把他看成一头真正的狮子就太荒唐了。事实上，也是不尊重的。他要是一头狮子，就会像我们一样，是一头野兽。是啊！（说到这里布里笑了起来）他要是一头狮子，就会有四个爪子，一条尾巴，还有胡须！……哎呀，哦，哦——哦！救命！"

因为，就在他"胡须"两个字刚说出口时，阿斯兰的一根胡须碰巧挠到了他的耳朵。布里像箭一样蹿到了围场的另一边，然后转过身来；墙太高了，他跳不过去，也没法再往远处逃了。阿拉维斯和赫温都大吃一惊。接着，是惊心动魄的一秒钟的沉默。

然后，赫温虽然浑身发抖，却发出一声奇异的嘶鸣，冲着狮子小跑过去。

"求求你，"她说，"你多么美丽啊。你如果愿意，就把我吃掉吧。我宁愿被你吃掉，也不愿被其他人吃掉。"

"我最亲爱的女儿，"阿斯兰说着，亲吻了一下她那天鹅绒般抽动的鼻子，"我就知道，你很快会来找我。

马和男孩

愿快乐属于你。"

然后,他抬起头,提高了音量说话。

"我说,布里,"他说,"你这匹可怜的、骄傲的、受了惊吓的马,过来一点。再过来一点,我的儿子。别害怕,别害怕。摸摸我。闻闻我。这是我的爪子,这是我的尾巴,这些是我的胡须。我是一头真正的野兽。"

"阿斯兰,"布里用颤抖的声音说道,"我想我一定是个彻头彻尾的傻瓜。"

"年纪轻轻就知道这点的马是幸福的。人类也是这样。靠近点,阿拉维斯,我的女儿。看见了吗?我的爪子像天鹅绒一样。这次你不会再被挠伤了。"

"这次,先生?"阿拉维斯说。

"上次挠伤你的就是我。"阿斯兰说,"我是你们旅途中遇到的唯一的狮子。你知道我为什么挠伤你吗?"

"不知道,先生。"

"你背上的伤痕,跟你继母那个奴隶背上的鞭痕一样,以泪还泪,以痛还痛,以血还血,因为是你给她下了药,让她昏睡。你需要知道那是什么感觉。"

"是的，先生。对不起——"

"问吧，亲爱的。"阿斯兰说。

"我做的事情还会对她造成更多伤害吗？"

"孩子，"狮子说，"我现在给你讲的是你的故事，不是她的。每个人只能听到自己的故事。"然后，他摇摇头，换了一种轻松的语调说话。

"开心点吧，小家伙们。"他说，"我们很快就会再见面的。不过在那之前，你们还会有一位客人到访。"然后，他一下子蹿到墙头，从视线中消失了。

说来奇怪，狮子离开后，他们就不愿意彼此谈论他了。他们慢慢地走到安静的草地上的不同地方，在那里踱来踱去，各自陷入了沉思。

大约半小时后，两匹马被叫到房子后面，去吃隐士为他们准备的好东西，阿拉维斯还在那里踱步和沉思，突然，她被门外刺耳的号角声吓了一跳。

"是谁？"阿拉维斯问。

"阿钦兰的科尔王子殿下。"外面一个声音说。

阿拉维斯把门打开，往后退了一步，让陌生人进来。

马和男孩

先进来了两个手持长戟的士兵，分别站在门的两边。接着是一个传令官和号角手。

"阿钦兰的科尔王子殿下希望见阿拉维斯女士。"传令官说道。然后，他和号角手退到一边，鞠躬，士兵们敬礼，王子本人走了进来。随从们都退了出去，并随手关上了门。

王子鞠了一躬。对一位王子来说，这个鞠躬显得有点笨拙。阿拉维斯以卡乐门的方式行了屈膝礼（与我们的方式完全不同），行礼的姿势非常优雅，这当然是因为她专门学过。然后她抬起头，看清了这位王子是个什么样的人。

她看到的只是一个孩子。他光着头，金色的头发上箍着一圈细细的金环，比铁丝粗不了多少。他的束腰外衣是白色细麻布做的，薄得像手帕一样，透出里面鲜红的上衣。他左手缠着绷带，搭在珐琅釉的剑柄上。

阿拉维斯仔细看了看他的脸，不由得大吃一惊，说道："哎呀！你是沙斯塔！"

沙斯塔顿时涨红了脸，语速很快地说起话来。"听着,阿拉维斯,"他说道,"我真希望你不要认为我打扮成这样(还带着号角手那些人)是为了给你留个好印象,或者让你觉得我与众不同。其实,我宁可穿着旧衣服来,可是它们都被烧掉了,我父亲说——"

"你父亲?"阿拉维斯说。

"似乎伦恩国王就是我的父亲。"沙斯塔说,"我其实应该猜到的。科林跟我长得太像了。知道吗,我们是双胞胎。哦,我不叫沙斯塔,我叫科尔。"

"科尔这名字比沙斯塔好。"阿拉维斯说。

"在阿钦兰,兄弟们都是这样起名字的。"沙斯塔(现在,我们必须叫他科尔王子啦)说,"比如达尔和达林,柯尔和柯林什么的。"

"沙斯塔——我是说科尔。"阿拉维斯说道,"不,你别说话。我有句话必须马上就说。很抱歉,我表现得很愚蠢。但是在知道你是王子之前,我就改变了看法,真的,就在你跑回去面对狮子的时候。"

"那头狮子,他根本就没想要咬死你。"科尔说。

"我知道。"阿拉维斯点了点头,说道。两人都看出

对方知道阿斯兰的存在，一时间都沉默不语，表情很严肃。

突然，阿拉维斯想起了科尔缠着绷带的手。"哎呀！"她叫道，"我忘记了！你参加了战斗。这是受伤了吗？"

"只是擦伤了一点皮。"科尔说，第一次用了王公贵族般的语气。但过了一会儿，他突然大笑起来，说道，"如果你想知道真相的话，我告诉你，这其实根本不是什么真正的伤口。我的指关节上只是撕掉了一块皮，随便哪个没有靠近过战场的傻瓜笨蛋都会受这样的伤。"

"但你还是参加了战斗。"阿拉维斯说，"那一定很奇妙。"

"跟我想象的一点也不一样。"科尔说。

"可是沙——我是说科尔——你还没有告诉我伦恩国王的事，以及他发现你身份的具体经过呢。"

"好吧，我们坐下来说。"科尔说，"因为这事说来话长。顺便说一句，我父亲绝对是个实在人。就算他不是国王，我发现他是我父亲也会感到很高兴——差不多很高兴吧。尽管受教育等等可怕的事情都会落到我头上。

但你想听故事,我就讲给你听。我和科林是双胞胎。似乎在我们俩出生大约一星期后,他们就把我们带到纳尼亚的一位聪明而年迈的马人那里,去接受祝福什么的。这位马人和许多优秀的马人一样,是一个预言家。也许你还没见过马人?昨天的战场上就有几个。他们都是非常厉害的人,但我跟他们在一起还是感到不大自在。我说,阿拉维斯,这些北方国家有不少事情要慢慢习惯呢。"

"是啊,没错。"阿拉维斯说,"还是接着讲故事吧。"

"嗯,这位马人一看到我和科林,好像就盯着我说:有朝一日,这个男孩会把阿钦兰从一场最致命的危险中拯救出来。不用说,我的父亲和母亲听了都很高兴。可是在场的某个人却不高兴。这个人是巴尔爵士,曾经是我父亲的御前大臣。他好像是做了什么错事——也许是贪污什么的——这部分我没太听懂——我父亲不得不解除了他的职务,但是对他没有更多的惩罚,他还可以继续住在阿钦兰。但是他一定是坏到了极点,大家后来才知道,他是被蒂斯罗克收买了,给塔什班城提供了大

马和男孩

量的秘密情报。因此,他一听说我会把阿钦兰从巨大的危险中拯救出来,就决定把我除掉。于是,他成功地绑架了我(我不知道具体是怎么做的),骑马顺着曲箭河来到了海边。他做好了所有的准备,有一条船在等着他,船上都是他的随从,他带着我上了船,驶向大海。父亲听到消息,虽然不算很及时,但还是尽快追了上来。父亲赶到海边时,巴尔爵士已经到了大海上,但还没有从视野中消失。父亲在二十分钟内就登上了一条战舰。

"那一定是一场惊心动魄的追逐。他们追赶巴尔的大帆船追了六天,第七天就跟它打了起来。那是一场非常激烈的海战(昨晚我听到了很多描述),从上午十点钟一直打到日落时分。我们的人最终占领了那条大帆船。但我不在船上。巴尔爵士本人已经死在了战斗中。他的一个手下说,那天凌晨,巴尔看到自己肯定会被追上,就立刻把我交给一名骑士,让我们俩坐小船离开。后来再也没有人见过那条小船。当然啦,是阿斯兰(他似乎是所有故事的幕后人物)把小船推到岸边的那个地方,让阿西什把我捡走。我真希望知道那位骑士的名字,因为他千方百计地让我活下来，自己却被饿死了。"

"我想阿斯兰会说这一部分属于另一个人的故事。"阿拉维斯说。

"我忘了这一点。"科尔说。

"我不知道那个预言会怎样实现，"阿拉维斯说，"你会把阿钦兰从什么巨大危险中拯救出来呢？"

"这个嘛，"科尔有些尴尬地说，"他们好像认为我已经做到了。"

阿拉维斯拍起了双手。"哎呀，没错！"她说，"我真笨啊。太奇妙了！拉巴达什带着两百匹马的骑兵队渡过了曲箭河，而你却把情报送出去了，那真是阿钦兰处境最危险的时候。你不感到骄傲吗？"

"我觉得有点害怕。"科尔说。

"你现在要住在安瓦德了。"阿拉维斯很憧憬地说。

"哦！"科尔说，"我差点儿忘记我是做什么的了。父亲想让你和我们一起生活。他说自从母亲死后，宫廷里就没有女人了（他们叫它宫廷，我不知道为什么）。来吧，阿拉维斯。你会喜欢我父亲——还有科林的。他

们不像我；他们都受过良好的教育。你不用担心——"

"哦，别说了，"阿拉维斯说，"不然我们就真的要打架了。我当然会去。"

"现在我们去看看两匹马吧。"科尔说。

布里和科尔的见面非常愉快和兴奋，布里的情绪仍然十分低落，他同意立即出发去安瓦德：他和赫温将于第二天穿过安瓦德，进入纳尼亚。他们四个都向隐士深情地道了别，并保证不久就会再来看望他。上午九十点钟的时候，他们上路了。两匹马以为阿拉维斯和科尔会骑马赶路，但科尔解释说，只要不是打仗，每个人都必须尽自己的力量做事，不管是在纳尼亚，还是在阿钦兰，没有人会梦想着去骑一匹会说话的马。

听了这话，可怜的布里又想到他对纳尼亚的风俗习惯很不了解，可能会犯下非常可怕的错误。因此，当赫温漫步在幸福的梦境中时，布里却每走一步都更加紧张、更加局促不安。

"打起精神来吧，布里。"科尔说，"我的情况比你糟糕多了。你不用接受教育。我要学习阅读、写作、纹章、舞蹈、历史和音乐，你却可以在纳尼亚的山坡上尽情地奔跑和打滚儿。"

"但这就是问题所在。"布里唉声叹气地说，"会说话的马打滚儿吗？假如他们不打滚儿呢？要放弃打滚儿我可受不了。赫温，你认为呢？"

"我反正还是要打滚儿。"赫温说，"我想，他们谁都不会在乎你打滚儿还是不打滚儿。"

"城堡快到了吗？"布里对科尔说。

"拐过下一个弯就是。"王子说。

"好吧，"布里说，"我现在要痛痛快快地打个滚儿，

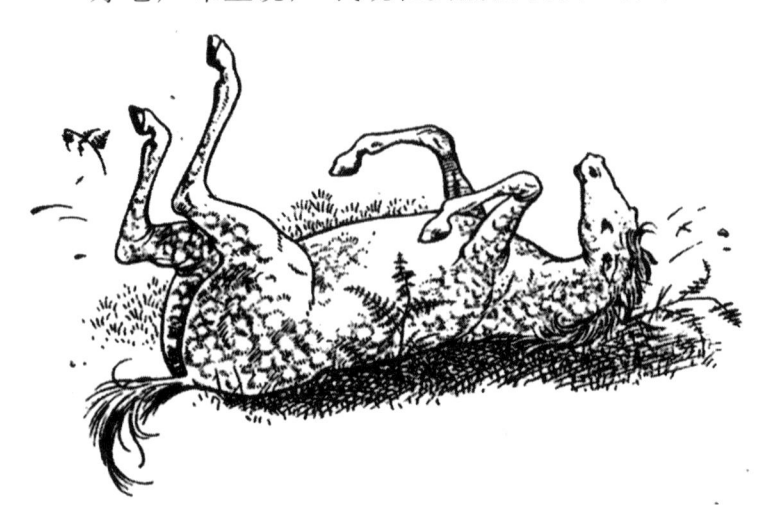

也许这是最后一次打滚儿了。等我一会儿。"

五分钟后,他又站了起来,使劲喷着鼻息,身上沾满了欧洲蕨的碎片。

"现在我准备好了。"他用一种极度悲观的声音说,"科尔王子,在前面领路吧,奔向纳尼亚和北方。"

但他看上去更像一匹参加葬礼的马,而不是一个流亡多年的俘虏正在返回家乡和自由。

第15章 荒唐可笑的拉巴达什

又拐了一个弯——他们从树林里走出来,远处,在绿茵茵的草地那边,他们看到了安瓦德城堡,它背后树木茂盛的高高山脊可以挡住北风。城堡非常古老,是用一种暖色调的红褐色石头建造的。

没等他们走到城门口,伦恩国王就出来迎接了。他的样子一点也不像阿拉维斯心目中的国王,穿着很旧很旧的老式衣服;因为他刚刚带着猎人在狗窝巡视了一圈,刚停下来洗了洗弄脏的双手。但是,当他握住阿拉维斯的手,向她鞠躬致意时,那种庄严的风度足以证明他是一位堂堂的帝王。

"小姑娘,"他说,"我们由衷地欢迎你。如果我亲爱

的妻子还活着,我们可以更热烈地欢迎你,现在我们的热情已经是最饱满的了。很遗憾,你遭遇了不幸,被赶出了你父亲的家门,这肯定使你非常难过。我的儿子科尔对我讲了你们在一起的冒险经历,还讲了你是多么勇敢无畏。"

"这一切都是他的功劳,陛下。"阿拉维斯说,"哎呀,他为了救我,还向一头狮子冲了过去。"

"嗯,怎么回事?"伦恩国王说,脸上露出了笑容,"这部分故事我还没有听说呢。"

于是,阿拉维斯就讲了。科尔特别想让大家知道这个故事,却觉得自己没办法讲出来,但是他并没有像预期的那样沾沾自喜,反而觉得自己很愚蠢。不过他父亲倒真是听得很开心,在接下来的几个星期里,他把这件事告诉了许多人,科尔真希望它压根儿就没发生过。

然后,国王转向赫温和布里,对他们就像对阿拉维斯一样礼貌有加,问了他们一大堆问题,关于他们的家庭,以及他们被抓之前曾经住在纳尼亚的什么地方。两匹马张口结舌,说不出话来,因为他们还不习惯与人类——准确地说是成年人类——平等地交谈。他们跟阿拉维斯和科尔交流倒没问题。

不一会儿，露西女王从城堡里出来，来到他们中间。伦恩国王对阿拉维斯说："亲爱的，这是我们家一位可爱的朋友，她已经在安排整理你的房间，我可做不到她那么细致。"

"你愿意去看看那些房间吗？"露西说着，吻了一下阿拉维斯。她们立刻就彼此喜欢上了对方，很快就一起离开了，去谈论阿拉维斯的卧室和闺房，以及怎么给她做衣服，还有姑娘们在这个时候会谈论的各种话题。

他们在露台上吃了午饭（有冷禽肉、冷野味馅饼、红酒、面包和奶酪），饭后，伦恩国王皱起眉头，叹了口气，说道："嗨——嗨！我的朋友们，那个倒霉蛋拉巴达什还在我们手里呢，我们必须决定怎么处置他。"

露西坐在国王的右边，阿拉维斯坐在国王的左边。埃德蒙国王坐在桌子的一头，达林爵士面对着他，坐在另一头。达尔、佩里丹、科尔和科林都跟国王坐在同一边。

"陛下完全有权砍掉他的脑袋。"佩里丹说，"他搞这

样的袭击，跟刺客没什么两样。"

"这话一点不错。"埃德蒙说，"可是，就算是叛徒也会改过自新。我就知道一个这样的例子。"他看上去若有所思。

"杀死这个拉巴达什，就等于挑起跟蒂斯罗克之间的战争。"达林说。

"蒂斯罗克不值一提。"伦恩国王说，"他的力量在于人多，但人再多也无法穿越沙漠。我对有预谋的杀人（哪怕杀死的是叛徒）没有兴趣。如果能在战斗中割断他的喉咙，我心里会很轻松，但那是另一回事。"

"我的建议是，"露西说，"陛下应该再给他一次机会。只要他坚决保证以后公正做事，就放他自由。他有可能会信守诺言。"

"猿猴也有可能会变得老实，妹妹。"埃德蒙说，"但是，以狮子的名义起誓，如果他再不守诺言，到那个时候，我们中的任何一个人都可以在一场干净利落的战斗中砍掉他的脑袋。"

"那就试试吧。"国王说，然后对一名随从说，"朋友，派人把囚犯带过来。"

戴着铁链的拉巴达什被带到了他们面前。看着他的样子,谁都会以为他是在一间臭烘烘的地牢里没吃没喝地过了一夜;事实上,他被关在一个非常舒服的房间里,并得到了一顿丰盛的晚餐。可是他实在太生气了,晚餐碰都没有碰,整整一夜都在跺脚、咆哮、咒骂,他现在的样子自然就不太好看了。

"不用说殿下也知道,"伦恩国王说道,"根据各国的法律和审慎政策的各种理由,我们有权砍下你的脑袋,任何一个凡人对另一个凡人都有权这样做。但是,考虑到你年纪尚轻,缺乏教养,没有任何礼貌和风度——在那个奴隶和暴君的国度里,你毫无疑问就是这样,我们倾向于将你毫发无伤地释放,条件是:首先——"

"我诅咒你这条野蛮的狗!"拉巴达什气急败坏地说,"你以为我会听你的条件吗?呸!你嘴里大话连篇,我听不懂是什么意思。对一个戴镣铐的人这么说很容易,哈!解开这些可恶的枷锁,给我一把剑,然后,你们中间谁敢跟我辩论都可以。"

几乎所有的王公贵族都跳了起来,科林喊道:

"父亲!能让我揍他吗?求你了。"

"平静!陛下们!我的贵族们!"伦恩国王说,"难道我们就这么没有定力,竟然被一个骑兵的冷嘲热讽弄得这么恼火吗?坐下,科林,不然就离开桌子。我再次请求殿下听听我们的条件。"

"我才不听野蛮人和巫师提出的条件呢。"拉巴达什说道,"你们谁也不敢碰我一根头发。你们对我的每一丝侮辱,都要用纳尼亚人和阿钦兰人的血流成河来偿还。蒂斯罗克的复仇是非常可怕的,即使是现在。还是杀了我吧,让这些北方土地上的烧杀和酷刑成为今后一千年震惊世人的故事。当心!当心!当心!塔什神的闪电从天而降!"

"它会在半路被钩子钩住吗?"科林问。

"真可耻,科林。"国王说,"永远不要嘲笑一个人,除非他比你强大。那时候就随你的便了。"

"哦,你这愚蠢的拉巴达什。"露西叹了口气。

接着,科尔不明白,为什么桌边的每个人都站了起来，而且站着一动不动。当然，他自己也这么做了。然后，他明白了原因。阿斯兰来到了他们中间，但谁也没有看见他进来。身形魁梧的狮子在拉巴达什和指责他的人之间轻轻地踱步，拉巴达什吓了一跳。

"拉巴达什。"阿斯兰说，"要注意。你的厄运近在眼前，但你仍然可以避开。忘掉你的骄傲（你有什么可骄傲的？），忘掉你的愤怒（有谁得罪过你？），接受这些善良的国王的怜悯吧。"

这时，拉巴达什转了转眼珠，张开嘴巴，像鲨鱼一样露出一个阴险可怕、龇牙咧嘴的狞笑，还上下摆动着两个耳朵（只要不怕麻烦，谁都能学会这个本事）。在卡乐门时，他一直觉得这一招很有效。当他做出这些鬼脸时，最勇敢的人都吓得发抖，普通人吓得摔倒在地，敏感的人经常直接晕倒。但是拉巴达什没有意识到，他在卡乐门只要一声令下，就能把那些人活活烧死，要吓唬他们是很容易的。在阿钦兰这里，这些鬼脸看起来一点也不吓人。事实上，露西还以为拉巴达什要犯病了呢。

"恶魔！恶魔！恶魔！"拉巴达什尖叫道，"我知道

你。你是纳尼亚的邪恶魔鬼。你是诸神的敌人。知道我是谁吗？恐怖的幽灵。我是不可抗拒、不可阻挡的塔什神的后裔。塔什神的诅咒会落在你们身上。蝎子形的闪电会纷纷从天而降。纳尼亚的群山将被碾为尘土。那——"

"当心，拉巴达什。"阿斯兰平静地说，"厄运现在更近了：它已经到了门口，已经拉开了门闩。"

"让天塌下来吧。"拉巴达什尖叫道，"让大地裂开吧！让血和火把世界毁灭吧！我一定要抓住那个野蛮女王的头发，把她拖进我的宫殿，她是狗的女儿，是——"

"时间到了。"阿斯兰说。拉巴达什极度惊恐地看到，大家都开始哈哈大笑。

他们没法不笑。拉巴达什一直在摇晃耳朵，阿斯兰一说"时间到了！"他的耳朵就开始发生变化。它们越来越长，越来越尖，很快就长满了灰色的毛。正当大家纳闷，以前在哪里见过这样的耳朵时，拉巴达什的脸也开始变了。它变长了，顶上变粗，眼睛变大，鼻子全都缩进了脸里（要不就是脸肿起来，整个儿变成了鼻子），而且整张脸上长满了毛。他的胳膊变长了，在前面垂下去，最后两只手搭在地上；但它们现在不再是手，而成了蹄子。他四蹄着地，站在那里，衣服不见了，大家笑得越来越大声（他们实在是忍不住），因为曾经的拉巴达什现在毫无疑问变成了一头驴子。可怕的是，他的人类语言保留的时间比他的人形长了一点，因此，当他意识到身体的变化时，大声尖叫起来：

"哦，不要变成驴子！行行好！哪怕变成一匹马也

行——哪怕——一匹——嗯——昂，嗯——昂。"后面的话就变成了驴叫。

"现在听我说，拉巴达什。"阿斯兰说，"公正应该与仁慈相结合。你不会永远是一头驴。"

当然啦，听了这话，驴子的耳朵向前抽动了一下，这一幕实在滑稽，大家都笑得更厉害了。他们也想忍住，但怎么也忍不住。

"你向塔什神求助过。"阿斯兰说，"你将在塔什神的神庙里得到治愈。在今年的秋季盛宴上，你必须站在塔什班城的塔什神祭坛前，在塔什班城的众目睽睽之下，你的驴形将从你的身上脱落，所有的人都会认出你是拉巴达什王子。但是如果你在活着的时候，只要离开塔什班城的大神庙超过十英里，就会立刻变回现在的样子。第二次变身之后，就再也变不回去了。"

片刻的沉默之后，人们纷纷动了动，面面相觑，仿佛刚从睡梦中醒来。阿斯兰已经离开了。但是空气中和草地上有一种光明，他们心中有一种喜悦，使他们确信刚才不是在做梦：不管怎么说，那头驴子还在面前呢。

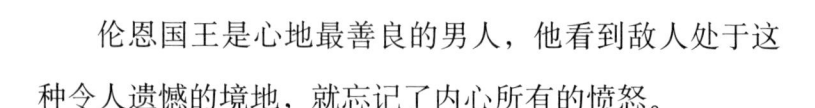

伦恩国王是心地最善良的男人，他看到敌人处于这种令人遗憾的境地，就忘记了内心所有的愤怒。

"殿下。"他说，"事情发展到这一步，我真的非常抱歉。殿下可以做证，这跟我们没有关系。当然啦，我们很愿意为殿下提供船只，送你回塔什班城，去接受——接受阿斯兰吩咐的治疗。殿下将享受到目前条件所允许的一切舒适：最好的运牛船——最新鲜的胡萝卜和蓟草——"

可是，驴子发出一声震耳欲聋的大叫，并瞄准一个守卫踢了一脚，显然，他对这些好心的提议并不领情。

为了把拉巴达什打发走，我最好赶紧把他的故事讲完。他（或者它）被适时地用船送回了塔什班城，并在秋季盛宴的时候被带进了塔什神的神庙，又变回了人形。当然啦，有四五千个人目睹了他的变化，这件事是隐瞒不住的。老蒂斯罗克死后，拉巴达什成了新的蒂斯罗克，结果他竟然是卡乐门有史以来最爱好和平的蒂斯罗克。他不敢离开塔什班城超过十英里，所以他永远无法发动战争。他也不希望泰坎们以他为代价立下赫赫战功，因为以前的蒂斯罗克政权就是这样被推翻的。不过，

虽然他的动机是自私的,却使卡乐门周围那些小国家的日子安稳多了。他的人民从来没有忘记他曾经是一头驴子。在他统治期间,人们当面称他为"和平缔造者拉巴达什",但是在他死后,以及在他背后,人们称他为"荒唐可笑的拉巴达什",如果你查查一本靠谱的《卡乐门历史》(去当地的图书馆看看),就会发现他叫这个名字。直到今天,在卡乐门的小学校里,你要是做了什么特别愚蠢的事情,还可能会被称为"拉巴达什第二"。

而在安瓦德,大家都很庆幸,在真正的欢乐开始之前就把拉巴达什打发走了。那天晚上,城堡前面的草坪上举行了一场盛大的宴会,月光之下,还有几十盏灯笼照明。美酒汩汩流淌,人们讲故事、说笑话,然后安静下来,国王的诗人和两个小提琴手一起走到了圆圈中间。阿拉维斯和科尔以为肯定会很无聊,因为他们所知道的诗歌只有卡乐门的那种,你现在知道那是什么风格的了。但是,小提琴刚拉出第一个音符,就仿佛有一枚火箭在他们脑海里蹿起,诗人开始吟唱贤人奥尔文的那首了不起的老歌,讲的是他与巨人皮尔搏斗,把巨人变成石头（皮尔山的双子峰就是这么来的——他是一个双头巨人），并赢得丽尔恩小姐做他的新娘；诗人唱完后，他们希望他能再唱一遍。布里虽然不会唱歌，但讲述了扎林德雷的战斗故事。露西又讲了一遍（除了阿拉维斯和科尔，大家都听过好多遍，但都想再听一遍）魔衣柜的故事，讲了她和国王埃德蒙、女王苏珊和至尊王彼得第一次来到纳尼亚时的情形。

天下没有不散的宴席，过了不久，伦恩国王说，年轻人该上床睡觉了。"明天，科尔，"他又说道，"你要和我一起去参观城堡，看看它的布局，注意它的所有优势和弱点：因为我离开后，将由你来守卫它。"

"但那时候科林会是国王，父亲。"科尔说。

"不，孩子，"伦恩国王说，"你是我的继承人。王位会传给你。"

"可是我不想要。"科尔说，"我宁可——"

"这不是你想不想要的问题，科尔，也不是由我决定的。这是法律规定的。"

"但如果我们是双胞胎，肯定是一样大。"

"不。"国王大笑着说,"肯定有个先来后到。你比科林大了整整二十分钟呢。希望你长得也比他好,不过这算不得什么了不起的本事。"他看着科林,眼睛里闪着光。

"可是,父亲,你就不能挑选你喜欢的人做下一任国王吗?"

"不能。国王要服从法律,因为是法律使他成为国王的。你没有权力离开你的王位,就像哨兵不能离开他的岗位一样。"

"哦,天哪。"科尔说,"我根本就不愿意。科林——我真的非常抱歉。我做梦也没想到,我的出现会撼动你在王国里的地位。"

"太好啦!太好啦!"科林说,"我不用当国王了。我不用当国王了。我永远都是王子。王子们才玩得最开心。"

"科尔,确实如此,这比你弟弟知道的还要真实。"伦恩国王说,"做一个国王的意义就在这里:每一次铤而走险的进攻都冲在最前面,每一次绝望的撤退都留在最后面。当这片土地出现饥荒的时候(年景不好时一定会出现饥荒),你要比这个国家的任何一个人都吃得更寒酸，但衣服要穿得更华丽，笑得更大声。"

两个男孩上楼睡觉的时候，科尔又问科林，这件事是不是没有办法了。科林说：

"你要是再说一个字，我就——我就把你打倒在地。"

故事最好能这样结尾：从那以后，兄弟俩再也没有发生过任何分歧。然而事实恐怕不是这样。事实上，他们俩几乎和其他男孩一样，经常吵架和打架，而且每一次打架（哪怕不是科尔先动手），结果都是科尔被打倒在地。因为，他们俩长大成为剑客之后，虽然科尔在战斗中更具有威胁性，但是作为一名拳击手，他和北方国家的所有人都不是科林的对手。科林因此获得了"霹雳拳击手科林"的名号，而且在与"风暴失足熊"的较量中建立了伟大功勋，那其实是一头会说话的熊，但又恢复了野生熊的习性。在冬天的一个日子，山上下着雪，科林爬上那头熊的巢穴——位于暴风顶靠近纳尼亚的一侧，在没有裁判的情况下，连续和它击打三十三个回合。最后，熊的眼睛看不见了，从此改过自新。

阿拉维斯和科尔也经常吵架（甚至恐怕是打架），但

他们总能言归于好。所以，许多年后，当他们长大成人，他们早已习惯了彼此争吵与和好，于是就结婚了，这样吵起架来更方便些。伦恩国王死后，他们成为阿钦兰一对杰出的国王和王后，阿钦兰所有国王中最著名的拉姆大帝就是他们俩的儿子。布里和赫温在纳尼亚幸福地活到很大岁数，两人都结了婚，但不是跟对方结婚。每过几个月，他们就会独自或两个一起跑过山口，去看望在安瓦德的朋友。

WILD LANDS of the NORTH

NARNIA

MUIL — Redhaven
BRENN

THE BIGHT of CALORMEN

GALMA

Cair Paravel

TEREBINTHIA

ARCHENLAND
CALORMEN